हिन्द पॉकेट बुक्स

घास और घोड़ा

गिरिराज किशोर हिन्दी के प्रसिद्ध उपन्यासकार होने के साथ-साथ एक सशक्त कथाकार, नाटककार और आलोचक हैं। इनके सम-सामयिक विषयों पर विचारोत्तेजक निबंध विभिन्न पत्र-पत्रिकाओं के माध्यम से प्रकाशित होते रहे हैं। इनका उपन्यास *ढाई घर* अत्यन्त लोकप्रिय हुआ था। वर्ष 1991 में प्रकाशित इस कृति को 1992 में ही साहित्य अकादमी पुरस्कार से सम्मानित कर दिया गया था। गिरिराज किशोर द्वारा लिखा गया *पहला गिरमिटिया* नामक उपन्यास महात्मा गाँधी के अफ्रीका प्रवास पर आधारित था, जिसने इन्हें विशेष पहचान दिलाई।

घास और घोड़ा

गिरिराज किशोर

हिन्द पॉकेट बुक्स
पेंगुइन रैंडम हाउस इम्प्रिंट

हिन्द पॉकेट बुक्स

यूएसए। कनाडा। यूके। आयरलैंड। ऑस्ट्रेलिया। सिंगापुर
न्यू ज़ीलैंड। भारत। दक्षिण अफ्रीका। चीन

हिन्द पॉकेट बुक्स, पेंगुइन रैंडम हाउस ग्रुप ऑफ़ कम्पनीज़ का हिस्सा है,
जिसका पता global.penguinrandomhouse.com पर मिलेगा

पेंगुइन रैंडम हाउस इंडिया प्रा. लि.,
चौथी मंजिल, कैपिटल टावर -1, एम जी रोड,
गुड़गांव 122 002, हरियाणा, भारत

पेंगुइन
रैंडम हाउस
इंडिया

प्रथम हिन्दी संस्करण हिन्द पॉकेट बुक्स द्वारा 1980 में प्रकाशित
यह हिन्दी संस्करण हिन्द पॉकेट बुक्स में पेंगुइन रैंडम हाउस द्वारा 2022 में प्रकाशित

10 9 8 7 6 5 4 3 2

इस पुस्तक में व्यक्त विचार लेखक के अपने हैं, जिनका यथासंभव तथ्यात्मक
सत्यापन किया गया है, और इस संबंध में प्रकाशक एवं सहयोगी
प्रकाशक किसी भी रूप में उत्तरदायी नहीं हैं।

ISBN 9789353496265

मुद्रकः रेप्रो इंडिया लिमिटेड

www.penguin.co.in

FSC www.fsc.org
MIX
Paper from responsible sources
FSC® C047271

पात्र

लेखक

निर्देशक

रंगकर्मी-एक { द्वारिका
प्रधान का बेटा
द्वारिकानाथ जज

रंगकर्मी-दो { पं० हज़ारीलाल
दरोगा

महिला रंगकर्मी-एक { विमला
जज की पत्नी

महिला रंगकर्मी-दो : पंडिताइन

पं० हज़ारीलाल की पत्नी

पं० ख्यालीराम : प्रधान

विमला का भाई

विमला का पति (रामनिरख)

दीवान

अदालत का चपरासी

सिपाही-एक

सिपाही-दो

पेशकार

टाइप बाबू

वकील नं०-एक

मोटा वकील

गवाह नं०-दो

जज की साढ़े तीन या चार साल की बिटिया

[रंगकर्मी-एक, महिला रंगकर्मी-एक, रंगकर्मी-दो, महिला रंगकर्मी-दो एवं पं० ख्यालीराम आदि उनके सामने लिखे पार्टों को भी करेंगे।]

इस नाटक में हृदयेश के एक कथांश से कुछ स्थितियों का साभार उपयोग किया गया है।

—लेखक

रंगकर्मी (आगरा) द्वारा प्रस्तुत इस नाटक के प्रथम प्रदर्शन में भाग लेने वाले रंगकर्मी

लेखक	:	राम शुक्ला
निर्देशक	:	अनिल शुक्ला
रंगकर्मी-एक (प्रधान का बेटा, जज)	:	इन्द्रेश वर्मा 'प्रसून'
रंगकर्मी-दो (दरोगा)	:	प्रमोद झा 'राजनील'
महिला रंगकर्मी (विमला, जज की पत्नी)	:	कु० काजल शर्मा
विमला का भाई	:	पीयूष श्रीवास्तव
विमल का पति	:	ज्ञानेश पालीवाल
प्रधान	:	गोपालकृष्ण श्रीवास्तव
दीवान	:	गोपालप्रसाद शर्मा
पेशकार	:	रूपनारायण अवस्थी
अर्दली	:	परागकुमार श्रीवास्तव
वकील नं०-एक	:	श्याम बाबू चेगले

मोटा वकील	:	मदनलाल छिब्बर
गवाह नं०-दो	:	शिवशंकर
जज की बेटी	:	कु० रचना बख्शी
टाइप बाबू	:	सुभाष गर्ग

मंच के पीछे

निर्देशन	:	अनिल शुक्ला
मंच-प्रबन्ध	:	केशवप्रसाद सिंह
संगीत-संयोजन	:	केशव तलेगाँवकर संगीत
ध्वनि एवं प्रकाश-संयोजन	:	वैसली डेनियल
वेशभूषा एवं रूप-सज्जा	:	मदनलाल छिब्बर

अंक–1

दृश्य-1

[मेज़ पर कागज़ बिखरे हैं। लेखक उन कागज़ों को क्रम से लगा रहा है। कागज़ों को लगा लेने के बाद उसके चेहरे पर प्रसन्नता का भाव आता है। उन्हें पढ़ने लगता है। पढ़ते-पढ़ते गंभीर होता जाता है। धीरे-धीरे चेहरे पर परेशानी उभरने लगती है। कभी खड़ा होता है, कभी बैठता है। काटता है, लिखता है। फिर काटता है, फिर लिखता है। टहलता है। संवाद बोलकर देखता है।]

लेखक : **(संवाद बोलने की मुद्रा में)** कानून एक यशस्वी नदी है!

नहीं! बात सही हो सकती है पर संवाद की दृष्टि से यह दो कौड़ी का संवाद है। और फिर कानून

की बात करना कितना गैरकानूनी होता है। कुछ इस तरह से शुरुआत की जा सकती है—कानून एक छींका है। वहां तक नसैनी लगाकर पहुंचना भी मुश्किल होता है!

[कहकर वह ज़ोर से गर्दन हिलाता है।]

नहीं! कानून की जगह हमें न्याय कर देना चाहिए!

[अपने को डांटने की मुद्रा में]

फिर वही बात! न्याय का संबंध न्यायमूर्ति से जोड़ लिया जाएगा। और फिर न्याय का मुझ-जैसा सम्मान करने वाला व्यक्ति न्यायभंजक की कोटि में आ जाएगा।

[धीरे से बुदबुदाता है]

कानून से ज़्यादा न्याय नाज़ुक और न्याय से ज़्यादा न्यायमूर्ति...

[झुंझला पड़ता है]

तुम हरगिज़-हरगिज़ नहीं बच सकते!

[समझाने की मुद्रा में]

नहीं बच सकते तो नहीं सही! चढ़ा दो फांसी! कानून और न्याय की जगह लेखक, निर्देशक, रंगकर्मी, औरत या मर्द या हिजड़ा भी तो नहीं लिखा जा सकता। उससे काम

चलता होता तो लेखक ही कर देता। अपने-आपको गाली देने में तो किसीके बाप का दख़ल ही नहीं है। तो फिर...नदी यशस्वी से काम चला लेना चाहिए! हां, कानून और न्याय के प्रतीक के रूप में जजों वाला काला चोगा एक डंडे पर टांग दिया जाएगा। अगर इतने से भी लोग नहीं समझेंगे तो जाएं भाड़ में! जाकर नौटंकी देखें, मुजरा देखें।

[लेकिन एकाएक बेज़ार-सा हो जाता है।]

'नदी यशस्वी है' तो एक गंभीर रोमांटिक उपन्यास है। लोग समझेंगे, मैं उसका प्रचार कर रहा हूं। अरे, तो पढ़ा कितनों ने होगा। जो पढ़ा-लिखा है, वह कानून और उस उपन्यास को कदापि एक नहीं समझ सकता। लेकिन ज़िन्दगी को चिमटे से क्यों पकड़ा जाए...

[ज़ोर से]

तो फिर यही कहेंगे...

(इजाज़त देने की मुद्रा में)

तो फिर तुम यही कहो और अदालत की हतक का शिकार बनो!

[निर्देशक प्रवेश करता है। वह अन्तिम वाक्यों को सुन लेता है। धीरे-धीरे

आकर लेखक के सामने चुपचाप हाथ फैला देता है।]

निर्देशक : लाओ!

[लेखक उधर ध्यान नहीं देता, उसी तरह परेशान बुदबुदाता रहता है।]

निर्देशक : तुम ही से पूछ रहा हूं?

[रुककर। अपने-आप ही कहता है :]

तुम अभी आए या नहीं?

[लेखक चौंक जाता है।]

लेखक : क्या समय हो गया?

निर्देशक : मैंने आपसे पूछा था, क्या आप पूरी तौर पर आ गए?

[लेखक गर्दन हिलाकर मना कर देता है।]

लेखक : लेखक अपने लेखन से आता है! (**रुककर**) तुम निर्देशक हो। हो ना? मेरा शरीर तुम्हारे सामने है। क्या तुम इससे परिदृश्य, संवाद, स्थितियां, पात्र, चरित्र बना सकते हो?

[हंसता है]

नहीं ना! फिर समझ लो...

निर्देशक : हंसा मत करो! लेखक को गम्भीर होना चाहिए। पात्र चाहे हंसी करते हुए लगें।

(रुककर सोचता है)

लेकिन मुझे लगता है, तुम असली लेखक हो।

अपनी कीमत पर ही अपना मज़ाक उड़ाना जानते हो। अभी तुम कौन-सा संवाद बोल रहे थे...नदी...क्या है? बहती है!

लेखक : वह सब कुछ नहीं! नदी कभी नहीं बहती। समय बहता है...समय भी नहीं, आदमी बहता है। ये सब बेकार की बातें हैं। अनिश्चय और अनिर्णय का प्रलाप!

निर्देशक : जो लिखा है, वह मुझे दे दो...

[हाथ बढ़ाता है। लेखक काग़ज़ों को छिपाना चाहता है।]

लेखक : कुछ भी तो नहीं लिखा। क्या लिखूं? लिखने बैठता हूं तो लगता है, जानता ही कितना हूं? कितनों को जानता हूं? जिनको जानता हूं, उनके बारे में भी तो कुछ नहीं जानता!

निर्देशक : तुमने तो उस औरत के बारे में लिखने को कहा था...नहीं, नहीं, शायद उसके बारे में नहीं, दूसरी के बारे में! औरत के बारे में तो शायद नहीं कहा, उस बेगुनाह आदमी के बारे में कहा था। लेकिन बेगुनाह तो सब हो सकते हैं—आदमी, औरत, जानवर, मजदूर, किसान... सा ऽ ऽ ब!

लेखक : तुम मुझे उलझाना चाहते हो!

[नज़दीक आता है]

तुम तो निर्देशक हो। एक चेहरा दूसरे चेहरे से

बदल देते हो। जैसी चाहते हो, वैसी ही बानी बुलवाने लगते हो। तुम बताओ, मैं क्या लिखूं...

[स्वतः]

एक ही चेहरा, एक ही मोहरा, एक ही संवाद, एक ही विवाद...एक भी तो मुश्किल हो रहा है।

[निर्देशक हंसता है।]

लेखक : कहो तो मैं तुम्हारे पांव पकड़कर कहूं...

निर्देशक : जो तुम लिखोगे, वही मैं अपने पात्रों के मुंह से कहला दूंगा। जैसे तुम नचवाना चाहोगे, वैसे ही मैं उन्हें नचा दूंगा। फिर तुम्हें क्या मुसीबत है...?

[घड़ी देखता है]

जो कुछ लिखा है, वही दे दो। समय कम है। नाटक बहुत तेज़ी से घटित हो रहा है। तुम और मैं यहीं खड़े-खड़े जम जाएंगे। वह हमें पीछे छोड़कर आगे निकल जाएगा।

[एक ओर इशारा करता है। बहुत-से लोगों की पदचाप सुनाई पड़ती है।]

निर्देशक : देखो! रंगकर्मी आ रहे हैं। यह स्क्रिप्ट मुझे जल्दी दे दो। मुझे उनके चेहरे बदलने होंगे! नकली चेहरों को असली चेहरे बनाने पड़ेंगे। उनके अपने स्वर बदलकर नये स्वर देने होंगे...

[शोर बढ़ता है। एक-सी शक्ल और एक-सी सफेद ड्रेस पहने नये लगने वाले अनेक रंगकर्मी मंच पर आकर खड़े हो जाते हैं। उनके चेहरे भावशून्य हैं। उनमें महिलाएं भी हैं। महिलाएं भी सफेद पर एक-से कपड़े पहने हैं। लेखक इतने सारे रंगकर्मियों को देखकर भयभीत-सा पीछे हट जाता है। रंगकर्मी दोनों ओर दो पंक्ति बनाकर भर्ती होने के अन्दाज में खड़े हो जाते हैं।]

रंगकर्मी-एक : निर्देशकजी, हम आ गए। हमारा मेकअप करा दो। संवाद दे दो।

[निर्देशक हंसता है और लेखक की ओर इशारा कर देता है।]

रंगकर्मी-दो : (**लेखक की ओर बढ़ता है**) क्या वे सब तुम्हारे पास हैं?

महिला रंगकर्मी-एक : (**दर्द के साथ**) हम बेमतलब बोला करते हैं... सार्थक बोलना चाहते हैं।

महिला रंगकर्मी-दो : ऐसे संवाद चाहिए जिन्हें हम बोलें भी और दूसरे समझें भी।

लेखक : आप सब कौन हैं?

[सब रंगकर्मी एकसाथ हंस पड़ते हैं।]

सभी रंगकर्मी : (**एकसाथ**) ज़िन्दगी और नाटक को मिलाकर देखने वाले रंगकर्मी!

लेखक : तुम लोग मुझसे क्या चाहते हो?

(रंगकर्मी-एक उसके हाथ में थमे कागज़ों की ओर इशारा करता है।]

रंगकर्मी-एक : वो ऽ ऽ...

लेखक : मेरे पास तुम्हें देने को कुछ भी नहीं।

[इस बार रंगकर्मी-एक और महिला रंगकर्मी-दो एकसाथ हंसते हैं।]

महिला
रंगकर्मी-दो : तुम लिखो, हम खेलें!

रंगकर्मी-दो : तुम सोचो, हम झेलें।

[सब एकसाथ बोलते हैं।]

सभी रंगकर्मी : (**एकसाथ**) हमें नये संवाद दो! हमारे संवाद दो! सबको सबकी बात दो!

निर्देशक : इस मंच की तरफ देखो। इतने दिन से खाली है। न कोई जिया, न मरा, न रोया, न गाया। बस, उछला-कूदा और चला गया।

[रंगकर्मियों की तरफ इशारा करता है।]

इनके चेहरों की तरफ देखो!

[सब गर्दनें थोड़ी-थोड़ी आगे बढ़ा देते हैं।]

उनके चेहरे कितने सपाट हैं! भाव कितने बेबाक हैं!

[लेख़क सब कागज़ों को फेंक देता है। वे बिखर जाते हैं। सिर पर हाथ रखकर हताश-सा बैठ जाता है। रंगकर्मी एकसाथ उन कागज़ों पर टूट पड़ते हैं। जो जिसके हाथ में आता है, वही उठाकर पढ़ने लगता है। निर्देशक भी एक कागज़ उठा लेता है।]

महिला रंगकर्मी-एक : **(पढ़ने का प्रयत्न करती है)** विमला या बिमला...या कमला...या रमला...क्या लिखा है।

रंगकर्मी-एक : इससे क्या फर्क पड़ता है? यह देखो, उस नाम के पोछे कौन है?

[रुककर]

मेरे पास तो मृतक को बहन का पार्ट आ गया...

[पढ़ता है]

...मैं पहचानती हूं। उसके बायें हाथ का अंगूठा कटा था। यही मेरा भाई है।

[वह एक और महिला पात्र की ओर बढ़ा देता है।]

लो...इसको तुम ले लो! मैं पुरुष पात्र हूं।

[महिला रंगकर्मी-एक पहले व्यंग्य से हंसती है। वह घबरा जाता है। फिर पड़ता है :]

मेरी पहाड़-सी ज़िन्दगी का क्या होगा? मैं अपने भाई के खिलाफ गवाही देकर उसे फांसी नहीं चढ़वा सकती...नहीं चढ़वा सकती।

[पुरुष रंगकर्मी-दो पढ़ता है :]

रंगकर्मी-दो : मिलार्ड! यह ज़रूरी नहीं कि गवाह के भाई के ही दाहिने हाथ का अंगूठा कटा हुआ हो। मेरा भी हो सकता है, उनका भी हो सकता है, इनका भी कट सकता है...आपका...गर्जे कि वह किसीके भी दाहिने हाथ का अंगूठा कटा हो सकता है। बिना गर्दन के बरामद हुए मृतक की बहन की गवाही पर एक निर्दोष इन्सान को फांसी चढ़वा देने की जिम्मेदारी एक जागरूक कोर्ट कभी नहीं लेना चाहेगी...

[महिला रंगकर्मी-एक एक दूसरा कागज़ पढ़ने लगती है :]

महिला रंगकर्मी-दो : जज की घरवाली...आप बैठ जाइए टाइप बाबू, आपको तो मालूम है, जज साहब हमेशा कोई ज़रूरी फैसला लिखवाने से पहले पूजा किया करते हैं। वे ईश्वर से डरने वाले इन्सान हैं...किसीपर अन्याय नहीं करना चाहते...! किसीकी बात नहीं सुनते, सिर्फ आत्मा की बात सुनते हैं।

[निर्देशक अटक-अटककर हंसता है।]

निर्देशक : जज साहब...कितना कटा-फटा है! पात्र इसे कैसे पढ़ेंगे?

[फिर पढ़ता है :]

जज साहब का डायलाग...फांसी किसे दूं?

[निर्देशक हंस पड़ता है।]

किसे दूं...लेखक को!

(लेखक घबराकर खड़ा हो जाता है। हाथ उठाकर ज़ोर से कहता है :)

लेखक : ठहरो! इन संवादों को इस तरह मत बिखेरो। अपनी बात कहो। दूसरे की कही हुई बात इन्सान की अपनी तकलीफ कभी नहीं हो सकती। इस तरह उसका मज़ाक मत उड़ाओ!

[सब रंगकर्मी एकसाथ चुप हो जाते हैं। एक-एक आगे बढ़कर कागज़ लेखक के सामने रखता है। लेखक उन्हें संवारता जाता है। मंच पर अंधेरा होता जाता है। निर्देशक की आवाज़ उभरती है। वह एक-एक पात्र को बुलाकर पार्ट समझाता है।)

निर्देशक : तुम आओ! तुम्हारी बेटी है ना। मान लो... (**हकलाता है**) कुंआरी बेटी को गर्भ रह जाता है। क्षमा करना, ज़िन्दगी का नाटक भी इसी तरह हुआ करता है। कुछ भी हो सकता है। कुछ होना ही हमें उधर धकेल देता है। न चाहते हुए भी हम वही सब करते हैं। खैर, तुम

पंडित हज़ारीलाल का पार्ट करो। समझ गए ना!

[लेखक एक व्यथित आवाज़ में दोहराता है:]

लेखक : पं० हज़ारीलाल, जज की पत्नी का पिता, नेता...

[निर्देशक महिला रंगकर्मी-एक को संबोधित करता है :]

निर्देशक : तुमने किसीसे प्रेम किया?

[वह हकलाकर चुप हो जाती है।]

निर्देशक : मुझे बताने की जरूरत नहीं। अगर नहीं किया तो समझो, किया। न करना कभी-कभी ज़िन्दगी को पूरा नहीं होने देता। तुम्हारे प्रेम में एक अजीब बात है...विवाह के बाद पति के अलावा किसी दूसरे आदमी को प्रेम...उस प्रेम के कारण भाई को फांसी...

[लड़की चिल्लाती है।

लड़की : नहीं, ऐसा मत कहिए! मैं प्रेम करती हूं...पर इतनी नहीं गिरी...

[निर्देशक हंसने लगता है।]

निर्देशक : ज़िन्दगी को पकड़ लो! घटनाओं को छोड़ दो। जाओ!

[लेखक और अधिक तकलीफ के साथ कहता है :]

लेखक : पति का कत्ल और भाई की आहुति! और बहन का प्रेम...हा-हा...

[निर्देशक एक और पात्र को बुलाता है।]

निर्देशक : तुम जज! कानून के रक्षक! न्यायमूर्ति!

[रंगकर्मी धीरे से पूछता है :]

रंगकर्मी : मुझे क्या करना होगा?

[निर्देशक हंसकर]

निर्देशक : मुकदमे और उनके फैसले।

[सब चले जाते हैं। अंधेरे में लेखक अकेला बुदबुदाता रहता है :]

लेखक : मैं...फिर दर्शक! ज़िन्दगी का अकेला दर्शक! सब अपना पार्ट लेकर चले गए। अकेला मैं सबके पार्ट जिए जा रहा हूं।

दृश्य-2

[धीरे-धीरे प्रकाश होता है। मंच के आधे हिस्से में संस्कृत पाठशाला के हेडमास्टर पं० ख्याली राम का अस्त-व्यस्त मकान। चीड़ की लकड़ी की मेज, दो स्टूल। एक खाट। खाट पर मैला-सा बिस्तर। मैले कपड़ों का ढेर। दो लकड़ी की चौकियां, जिनमें से एक का पाया टूटा है। पाये की जगह ईंटें लगी हैं। रसोई दिखलाई पड़ती है। रसोई में से पं० ख्यालीराम की पत्नी भंग पीसती नज़र आती हैं। सोटे के धुंघरू रह-रहकर बजते हैं। पं० ख्यालीराम का लड़का द्वारिका दर्शकों की ओर पीठ किए मेज़ पर पढ़ रहा होता है। उसके पढ़ने से लगता है कि वह किसी न किसी तरह

पुस्तक को घोट लेना चाहता है। उसका आस्तीनदार मैला बनियाइन है और पट्टे का पायजामा है। एकाएक पढ़ता-पढ़ता रुक जाता है। पिछले हिस्से में लड़कों के हंसने की आवाज़ सुनाई पड़ती है। लड़कों का व्यंग्य सुनाई पड़ता है।

एक लड़का : अरे पंडितजी, कहां कानून-वानून के चक्कर में पड़ गए! तुम पढ़ गए तो घुरऊ भी कानून पढ़ जाएगा! चुटिया रखाकर कथा बांचो...पिता को गुरु मानकर मांगने-खाने वाली विद्या को घर से बाहर जाने से रोको...

[द्वारिका चुटिया टटोलता है। बहुत-से लड़कों के हंसने की आवाज़ फिर सुनाई पड़ती है। धीरे-धीरे आवाज़ें शान्त हो जाती हैं। द्वारिका बोल-बोलकर ज्यूरिसप्रूडेन्स की परिभाषा याद करने लगता है। सोटे के धुंघरू पहले से हल्के बजते रहते हैं।]

ज्यूरिसप्रुडेन्स मीन्स लीगल थ्योरी...

[हंसने की हल्की-सी आवाज़ फिर सुनाई पड़ती है। वह और ज़ोर-ज़ोर से याद करता है।

द्वारिका : ज्यूरिसप्रूडेन्स मीन्स लीगल थ्योरी... ज्यूरिसप्रुडेन्स मीन्स लीगल थ्योरी...इट इज़ दी सिस्टम आफ दी कान्सेप्ट आफ लॉ एज़ एक्सेप्टेड बाई ए सोसाइटी...इट इज़

दी सिस्टम आर दी कान्सेप्ट आफ लॉ एज़ एक्सेप्टेड बाई ए सोसाइटी...

[द्वारिका का रटना जारी रहता है। रसोईघर से मां का कंठ सुनाई पड़ता है।]

मां : अरे बेटा द्वारिका, जरा बिट्टो को खुड्डी पर बिठा दे। चुड़ैल का मुंह हर बखत बकर-बकर बकरी की तरह चलता रहता है। खावै-हगे, खावै-हगे। भुतेरा समझाती हूं—अरी पराये घर जाना है, दिन-भर भकोसने से काम नी चलेगा। कुछ लक्खन सीख। वहां कौन दौने ला-लाकर दिया करेगा।

[लड़की की आवाज़ सुनाई पड़ती है।]

लड़की : अरी मां, जल्दी कर, निकली...!

[मां की आवाज़ फिर सुनाई पड़ती है।]

मां : निकली तो हग दे मेरे सिर पे। मैं तो इस घर में अपनी चिता पे लकड़ी रखने को भी नी कह सकती! बता, तेरे पिताजी की भांग घोटूं या तेरी टट्टी को रखकर पूजूं। दुनिया के पढ़े हैं पर जैसा म्हारा पढ़ा, वैसा तो किसीका ना पढ़ियो। अरे तेरे बाप ने भी कम नहीं पढ़े। बड़े-बड़े हाथ जोड़े खड़े रहते हैं पर मैं आज भी कह दूं, उल्टे लटक जाओ तो उल्टे लटक जाएं और कह दूं,

सीधे लटक जाओ तो सीधे लटक जाएं। पर तू...

[द्वारिका परिभाषा रटता-रटता बीच में बोलता है :]

द्वारिका : ...इट इज दी सिस्टम एक्सेप्टेड बाई ए सोसाइटी...प्राया मां! अभी तो मरा हुआ चूहा फेंककर आया था। इस साल फिर फेल हो गया तो कहेगी, पढ़ता नहीं...इट इज़ दी सिस्टम एक्सेप्टेड बाई दी सोसाइटी...

[भागकर जाता है। किताब मेज़ पर से नीचे गिर जाती है। बच्ची के शोर मचाने और मां के चिल्लाने की आवाज़ें गड्‌-मड्ड होकर आती रहती हैं। किताब का गिरना मुड़कर देखता है पर लौटकर उठाता नहीं। पं० ख्यालीराम बनियाइन और धोती में प्रवेश करते हैं। चुटिया पर हाथ फेरते होते हैं।]

पं० ख्यालीराम : तुमने तो घर को भटियारखाना बना रखा है। वो तो लोग मेरे नाम के कारण इतना आदर-सम्मान करते हैं कि इतने समृद्धिवान, श्रीमान, महानुभाव ने अपनी कन्या का हाथ तुम्हारे पुत्र के हाथों में देने का प्रस्ताव भेज दिया...नहीं तो इस घर में रखा क्या है!

[सोटे की आवाज़ बढ़ जाती है। पं०

ख्यालीराम चालू रहते हैं।)

पं० ख्यालीराम : मैं क्या मूर्ख हूं जो निरन्तर तुम्हें सम्बोधित करके बोले चला जा रहा हूं? तुम्हारे ही पुत्र के विवाह की बात है...मेरा अपना इसमें कोई हित नहीं। इस स्थिति में आकर यदि कोई तुम्हारे घर का दर्शन कर ले तो यह कहता हुआ द्वार से लौट जाए—नहीं, यह घर इतने सिद्ध और यशस्वो पंडित ख्यालीराम का नहीं हो सकता। जिसकी पाठशाला में एक मक्खी भी न फटकती हो, उसके घर में मक्खियों के अतिरिक्त कुछ है ही नहीं...हरे राम-हरे राम!

पंडिताइन : मैं भी तो जानूं, स्कूल में मक्खियों के लिए कौन-सी तोप लगा रखी है। आज घर की चिन्ता कैसे हो गई? भंग घोटूं, तुम्हारी बेटी को हगाऊं-सुचाऊं या तुम्हारे इस महल को सजाऊं!

पं० ख्यालीराम : अरे भई, तुम तो अकारण रुष्ट हो जाती हो। मेरे कहने का अर्थ तो केवल इतना ही है कि घर की व्यवस्था ठीक कर लो। अपनी पाठशाला के अध्यक्ष विधान परिषद् के सदस्य, मुख्यमंत्रीजी के निकटतम सहयोगी श्रीमान पं० हजारीलाल-जी तुम्हारे सुपुत्र चिरंजीव द्वारिकानाथ शर्मा से अपनी सुकन्या का संबंध लेकर आ रहे हैं। तुम ही बताओ,

क्या इतने बड़े व्यक्ति को इसी कुव्यवस्था के बीच बैठाएंगे?

[पंडिताइन सोटा दीवार से टिकाकर खड़ी हो जाती हैं। हाथ धोती हैं।]

पंडिताइन : पहले कहते ना! किनच-किनचकर बात बताते हो। सिकार के बखत कुतिया हगाई। इतने भारी मानस कुटिया पर पधारें और यहां भंग के गिलास के सिवाय कुछ हो ही नहीं। खड़े क्या हो, अपने उन कुंवरजी को बुलाओ। बगल वालों के यहां से कुर्सी-मेज मंगवा लो। मैं बड़ी मिसराइन के घर गिरो-गांठ का इन्तजाम करके आती हूं…

पं० ख्यालीराम : पंडितजी की बेटी से संबंध होते ही काल कट जाएगा। साक्षात् लक्ष्मी है...राज्य करोगी!

पंडिताइन : कर लिए राज! एक राज तुम्हारे कराए कर लिया, दूसरा तुम्हारी बहू के कराए करूंगी। अरे द्वारिका, आ जा भैया! बहन को विलायत में हगाने ले गया क्या?

[द्वारिका को आवाज़ आती है।]

द्वारिका : ये बिट्टो तंग कर रही है। कहती है—तुम धोओ!

पंडिताइन : कौन हाथ टूट जाएंगे या हाथों पर लगी रह जाएगी! बहन ही तो है, दुश्मन तो नहीं। हमने नी तेरे गू-मूत किए…

पं० ख्यालीराम : तुम कैसी बात कर रहो हो! लड़का विधि-ज्ञान अर्जित कर रहा है। पं० हज़ारीलाल जैसे श्रीमान का जामाता होने वाला है। क्या वह तुम्हारी बिटिया का शौच-प्रक्षालन करता रहेगा?

पंडिताइन : हज़ारीलाल की बेटी से ब्याह करके क्या अपनी भी धोना छोड़ देगा? अभी तो ब्याह भी नहीं हुआ, बाप-बेटे के दिमाग ही बिगड़ गए! कहीं हो गया तो पता नहीं क्या करेंगे...मैं तो जा रही हूं, तुम बाप-बेटे के जो जो में आए, घर ठीक करना, नहीं आए तो न करना...

[पंडिताइन चली जाती हैं। पं० ख्यालीराम धप्प से चौकी पर बैठ जाते हैं। पं० हज़ारीलाल का घर मंच के दूसरे भाग में दिखाई पड़ता है। पं० हज़ारीलाल और उनकी पत्नी बातें कर रहे होते हैं। दूसरे भाग में कम होते हुए प्रकाश में पं० ख्यालीराम मूर्तिवत् बैठे रहते हैं।]

पं० हज़ारीलाल : कुछ मुंह से बोलो तो!

हज़ारीलाल की पत्नी : मेरा तो दिल नहीं ठुकता। वही ख्यालीराम जो द्वार पर घंटों बैठा रहता है, उसका बेटा कलक्टर भी हो जाएगा तो ज्यादा से ज्यादा क्या हो जाएगा...! मेरी बेटी कुछ भी हो

जाए, मेरी बेटो तो रहेगी!

[**हज़ारीलाल भुनभुनाते हैं।**]

पं० हज़ारीलाल : अपनी बेटी के कर्मों की तरफ भी तो देखो। कहां मुंह दिखाने जाओगी!

हज़ारीलाल की पत्नी : गलती किससे नहीं होती? बच्चा गलती कर दे तो क्या उसे अपने हाथों कुएं में धक्का दिया जाता है!

पं० हज़ारीलाल : नाव में छेद हो तो उसकी मरम्मत जल्दी से जल्दी कर लेनी चाहिए।

हज़ारीलाल की पत्नी : इतने बड़े आदमी हो, बेटी के लिए एक अच्छा वर नहीं ढूंढ़ सकते!

पं० हज़ारीलाल : अच्छा वर तुम्हारी बेटी को रखेगा? लड़कियां बरतन-भांडों की तरह नहीं होतीं कि टांका लगाकर इस्तेमाल करने लगो।

हज़ारीलाल की पत्नी : (**रुआंसी होकर**) मेरी बेटी के भाग में ख्याली - राम का बेटा ही लिखा है।

पं० हज़ारीलाल : (**नाराजगी से**) तुम्हारी बेटी ने तो जाट-ड्राइवर चुना था, क्या वह उससे भी गया-गुज़रा है?

हज़ारीलाल की पत्नी : अपनी बेटी के बारे में यह सब कहते लाज नहीं

आती!

पं० हज़ारीलाल : बहुत आती है। इतनी आती है कि मर जाने को जी चाहता है। मेरी चलती तो मैं इसका हाथ उसी जाट ड्राइवर को थमा देता। पर क्या करूं! जो काम लड़के-लड़कियों को खुद करनी चाहिए, हमारे यहां उसे मां-बाप को करना पड़ता है। उसकी भलाई-बुराई मां-बाप को ओढ़नी पड़ती है। खैर...तुम बैठी सोचती रहो, मैं ख्यालीराम के बेटे से सगाई पक्की करने जा रहा हूं। डूबते जहाज को कभी-कभी खलासी ही बचा लेते हैं, और कप्तान बैठे देखते रह जाते हैं।

(हज़ारीलाल आगे तक जाते हैं फिर लौट आते हैं।)

पं० हज़ारीलाल : तुम चिन्ता मत करो। शादी के बाद वह पं० ख्यालीराम का बेटा ही नहीं रह जाएगा, मेरा दामाद भी हो जाएगा।

[पं० हज़ारीलाल तेज़ी से निकल जाते हैं। उनकी पत्नी को सिसकियां सुनाई पड़ती हैं। मंच के दूसरे भाग में फिर पं० ख्यालीराम का घर नज़र आने लगता है। पं० ख्यालीराम, पंडिताइन और द्वारिका घर को करीने से सजा रहे होते हैं। चौकियों पर कपड़ा ढका होता है। मेज़ पर मेज़पोश होता

है। चार-छः कुर्सियां पड़ी होती हैं।

पंडिताइन : बेटा, जल्दी-जल्दी लगा ले। कहीं अध्यच्छजी बखत से आ गए होते तो बता, क्या होता? मैं तो अन्दर का हो देख सकती हूं, बाहर की तुम दोनों को ही देखना है ना!

[ज़ोर से बेटी को पुकारकर कहती हैं :]

अरी ए बिट्टो, जा तू रामो के घर खेल आ। वहां चबर-चबर मत करना। कहीं मोहल्ले भर में ढोल पीटती फिरे। वैसे ही यों मोहल्ले वालों का कलेजा ठंडा रहता है यह खबर सुनकर कि सगाई हज़ारीलाल के यहां से आई है, बरफ हो जाएगा... (**रुककर**) एक अच्छी-सी फिराक भी तो नहीं जो आए-गए के सामने पहना दूं।

[पंडित ख्यालीराम को संबोधित करके कहती हैं :]

जाकर सिलक का कुर्ता पहन लो। पगड़ी बांध लेना। लोटे में चार अंगारे डाल के कुर्ते पे फेर लेना। सलवट निकल जाएंगी। द्वारिका को भी कपड़ों-सपड़ों की बात समझा दो। कहीं यही बनियाइन और पाज़ामा पहने उनके सामने पधर जाए।

[पं० ख्यालीराम कुर्सियां को ठीक

करते-करते रुककर पंडिताइन की बात सुनते हैं। फिर झाड़ने-पोंछने लगते हैं। द्वारिका को बुलाकर उसे धीरे-धीरे समझाते हैं। उनके होंठ हिलते नज़र आते हैं। पंडिताइन रसोई में चली जाती हैं। धीरे-धीरे रोशनी कम हो जाती है। द्वार पर खट-खट की आवाज़ होती है। मंच पर हलकी-हलकी-सी भागदौड़ और उतावलापन उभरता है। घुसुर-पुसुर सुनाई पड़ती है। पंडिताइन सबको चेताती हुई दिखलाई पड़ती हैं। फिर खट-खट सुनाई पड़ती है। मंच पर रोशनी बढ़ती है।]

पंडिताइन : **(रसोई में से ही फुसफुसाकर)** जाओ, जल्दी जाओ!

[द्वारिका लपकता है]

तू कहां जाता है, अन्दर जाकर बैठ! तुम जाओ ना!

पं० ख्यालीराम : अरे बाबा, पगड़ी तो पहन लूं।

द्वारिका : मैंने पतलून पहन ली है।

पंडिताइन : **(द्वारिका पर झिड़कते हुए)** इन बालों में तो आग दे ले!

(खट...खट...खट...)

पंडिताइन : जाओ भी! इतने बड़े आदमी ड्योढ़ी पर खड़े हैं। सोचेंगे, पहले कहला दिया था, फिर भी

दरवाज़ा बन्द किए बैठे हैं।

[पं० ख्यालीराम पगड़ी ठीक करते हुए जल्दी-जल्दी जाते हैं। कुंडी खोलते हैं। मंच पर पूरा प्रकाश हो जाता है। पं० हज़ारीलाल बहुत गंभीर हैं। मुस्कराते हैं। पर गंभीरता नहीं टूटती। ख्यालीराम दोनों हाथ फैलाए, कमर झुकाए आगे-आगे चलते हैं। पं० हज़ारीलाल चारों तरफ नज़र डालते हैं। गंभीर मुद्रा में ही एक कुर्सी पर बैठ जाते हैं।]

पं० ख्यालीराम : अहो भाग्य! कहां आप, कहां मैं! आज जिजमान—**(संभलकर)** श्रीमान ने इस कुटिया को अपनी चरण-रज से पवित्र कर दिया। जिस भाव से भगवान भक्तों के यहां पधारते हैं, उसी भाव से श्रीमान भी मेरी कुटिया पर पधारे...

[रसोई से कुण्डी के खटखटाने की आवाज़ आती है।]

क्षमा करें, अभी आया!

[पं० ख्यालीराम लपककर रसोई की तरफ चले जाते हैं। पं० हज़ारीलाल उठकर मेज़ तक चले जाते हैं। पुस्तक उठाकर पढ़ते हैं।]

जस्टिस हैज़ टु बी डन आन दी बेसिस आफ दि कान्सेप्ट्स आफ़ दि सिस्टम...**(रुककर**

धीरे स) आफ़ ज्यूरिसप्रूडेन्स'...

[मुस्कराते हैं। लौटकर कुर्सी पर फिर बैठ जाते हैं। दूसरी तरफ पंडिताइन धीरे-धीरे फुसफुसाकर समझाती हुई दिखलाई पड़ती हैं। पं० हजारीलाल अपेक्षाकृत अंधेरे में हो जाते हैं।]

पंडिताइन : बात कर लो। इस बखत हज़ारीलाल पाठशाला के अध्यच्छ नहीं हैं, बेटी वाले हैं। बेटे वाले की तरह बात करो, नहीं तो समझेंगे, बेटे का ब्याह नहीं होता। गरजू हैं।

[पं० ख्यालीराम अपने-आप ही इशारों में बात करते हुए लौट आते हैं।]

पं० ख्यालीराम : क्षमा करें, इलाहाबाद वाले पंडित जगन्नाथ जी का संदेश था। हैं...हैं...लड़की जवान हुई नहीं कि मां-बाप के सीने पर पत्थर बन जाती है। बेचारा लड़के वाला भी क्या करे... ! कहला दिया, अभी तो लड़का पढ़ रहा है।

[पं० हज़ारीलाल ख्यालीराम की बात की ओर ध्यान दिए बिना अपनी बात कहने लगते हैं।]

पं० हज़ारीलाल : मास्टर जी...

[पं० ख्यालीराम झटके से खड़े होने को होते हैं पर संभल जाते हैं।]

बैठिए !

पं० ख्यालीराम : श्रीमान, मेरा तो मत था कि चिरंजीव द्वारिकानाथ शर्मा को संस्कृत पढ़ाऊं परन्तु इनकी मां का आग्रह था, बेटे को कानून ही पढ़ाओ। लड़के के नाना भी कानून के पेशे में ही थे ना। थे मोहर्रिर ही पर कानून को जितना वे जानते थे, उतना उनके वकील साहब भी नहीं जानते थे। यह भी बड़ा मेधावी है! पिछले साल टाइफाइड हो गया था...

[पं० हज़ारीलाल आखिरी वाक्य पर ध्यान न देकर दूसरी तरफ देखने लगते हैं। ख्यालीराम चालू रहते हैं :]

पं० ख्यालीराम : सुशील इतना कि बस लाखों में एक! गुरुजनों के लिए आदर तो उसके हृदय में कूट-कूट कर भरा है। मेरे द्वारा प्रशंसा सुन-सुनकर आपके परिवार के प्रति तो अत्यधिक अनुरक्त है!

पं० हज़ारीलाल : इस वर्ष तो द्वारिकानाथ एल० एल० बी० कर ही लेंगे।

[रुककर सोचने लगते हैं, फिर पूछते हैं :]

एल० एल० बी० के बाद प्रैक्टिस का इरादा है या किसी कम्पीटीशन में बैठने का?

पं० ख्यालीराम : **(हंसते हैं)** हैं...हैं...जैसा आप...

[बीच ही में बात बदल देते हैं]

अभी तो सोचा नहीं। परीक्षाफल घोषित होते-होते नौ-दस मास निकल जाएंगे!

पं० हज़ारीलाल : नौकरी सुविधाजनक होती है। जितनी तनख्वाह उतना काम! खर्चा अधिक हो तो उसके भी दस रास्ते निकल आते हैं।

पं० ख्यालीराम : आपका मार्गदर्शन और चिरंजीव द्वारिकानाथ का परिश्रम—हैं...हैं...

पं० हज़ारीलाल : आप कन्या देखना चाहेंगे? कन्या सुन्दर है, सुशील है, घर का सब काम जानती है। फिर भी आप देखना चाहें तो...

[रसोईघर से कुंडी खटकने की आवाज़ फिर आती है।]

पं० ख्यालीराम : अभी आया!

[लपककर जाते हैं। पंडिताइन और पं० ख्यालीराम बात करते हुए दिखलाई पड़ने लगते है।]

पंडिताइन : क्या कह रहे हैं? कुछ बताया? क्या खरच करेंगे?

पं० ख्यालीराम : पूछ रहे हैं, आप कन्या को देखना चाहेंगे?

[पं० हज़ारीलाल नीम उजाले में टहलते दिखलाई पड़ते हैं।]

पंडिताइन : तुमने क्या जवाब दिया?

पं० ख्यालीराम : अभी तो उन्होंने प्रश्न किया ही था...जवाब देने की बारी ही कहां आई! तुम बताओ, क्या

जवाब दूं?

पंडिताइन : तुम भी तो कुछ बताओ...

पं० ख्यालीराम : मुझे कुछ नहीं बताना। जो कुछ जवाब देना हो, जल्दी बताओ। लड़का तो लड़की को देखेगा ही।

पंडिताइन : ज्यादा अंग्रेज मत बनो। मेरा बेटा तो सीधा-सादा है। आजकल के लौंडों की तरह चरित्तर वाला नहीं।

[रुककर सोचती हैं]

ज़ोर देते हों तो हां कर दो। पर बाट-बट्टी हाड़ लेना।

पं० ख्यालीराम : यह काम मेरे बस का नहीं! मेरी पाठशाला के अध्यक्ष हैं।

पंडिताइन : हम तो हाथ जोड़ने गए नहीं थे। वे ही चलकर आए हैं। अध्यच्छ थे तो काहे आए हैं...बैठें अपने घर। वे अध्यच्छ की तरह बात करेंगे तो हम भी बेटेवाले की तरह बात करेंगे!

[पं० ख्यालीराम चुप रहते हैं।]

समझ गए ना?

[पं० ख्यालीराम बिना उत्तर दिए चले जाते हैं। पं० हज़ारीलाल अपनी बेंत से मेज़ पर खट-खट कर रहे होते हैं।]

पं० हज़ारीलाल : तो मास्टरजी, क्या तय किया?

पं० ख्यालीराम : हमें क्या तय करना था, तय तो आपको करना है। आपकी बेटी सो हमारी बेटी! उसे देखने की धृष्टता कम से कम पं० ख्यालीराम का परिवार तो नहीं करेगा। राजा दशरथ और माता कौशल्या सीता को कब देखने गए... पर...

[पं० हज़ारीलाल ख्यालीराम की बात सुनकर उनकी तरफ गौर से देखने लगते है। लेकिन ख्यालीराम के चेहरे पर संकोच और संकल्प-विकल्प उभर आता है।

पं० हज़ारीलाल : पर क्या?

पं० ख्यालीराम : कुछ नहीं...आप तो लड़के को देख लें। मैं बुलाए देता हूं।

पं० हज़ारीलाल : आप मेरी लड़की नहीं देख रहे, मैं क्या लड़का देखता हुआ अच्छा लगूंगा?

[हंसते हैं]

तो फिर पक्का समझूं?

पं० ख्यालीराम : नहीं, लड़के को तो देख ही लें। आज लड़कों को पढ़ाने-लिखाने में कितना व्यय होता है। कमर टूट जाती है। फिर मेरे जैसे साधन वाला व्यक्ति तो...! आप बेटी के भविष्य के बारे में निर्णय लेने जा रहे हैं, यह तो देख ही लें कि जिस लड़के को बेटी सौंपने जा रहे हैं, वह...

पं० हज़ारीलाल : मास्टरजी, हज़ारीलाल किसी रास्ते पर कदम बढ़ाने के बाद यह निर्णय नहीं लेता कि आगे चलूं या पीछे हटूं। निर्णय लेने के बाद ही उस रास्ते पर कदम बढ़ाता है।

पं० ख्यालीराम : नहीं, मैं चिरंजीव द्वारिकानाथ को बुलाए लेता हूं और कुछ नहीं, तो आपको प्रणाम कर ही लेगा...बेटा द्वारिकानाथ!

[आवाज़ आती है :]

द्वारिका : आया पिताजी!

[द्वारिकानाथ आता है और आकर एकाएक पं० हज़ारीलाल के पांव छू लेता है।]

पं० हज़ारीलाल : खुश रहो...खुश रहो!

['खुश रहो' कहते-कहते वे उसकी तरफ देखते रहते है। उनका चेहरा एकाएक गंभीर हो जाता है। द्वारिका लजाता हुआ बैठ जाता है। पं० हज़ारीलाल पहले खामोश रहते हैं। कुछ देर बाद बात शुरू कर देते हैं :]

आपका तो एल० एल० बी० फाइनल है ना!

[द्वारिकानाथ सिर्फ गर्दन हिलाता है। गर्दन हिलाना पं० हज़ारीलाल को पसंद नहीं आता।]

आपकी रुचि किसमें अधिक है?

[वह समझ नहीं पाता। इधर-उधर देखता है।]

पं० ख्यालीराम : हां, हां, बताओ, वकालत में या नौकरी में?

द्वारिका : प्रैक्टिस!

[पिता मुस्कराने का प्रयत्न करते हैं। परन्तु हज़ारीलाल और गंभीर हो जाते हैं।]

पं० हज़ारीलाल : प्रैक्टिस बहुत कठिन काम है (**रुककर**) सीधे-सादे आदमियों के लिए तो नौकरी ही ठीक है। बंधी-बंधाई तनख्वाह और बंधा-बंधाया काम!

द्वारिका : (**एकाएक**) तो फिर सर्विस!

पं० हज़ारीलाल : हां..., कम्पीटीशन में बैठना ठीक रहेगा। एक बार मेहनत फिर आराम ही आराम! जो हो सकेगा, किया ही जाएगा!

[द्वारिकानाथ चुप हो जाता है।]

यह पुस्तक आप ही की है। लगता, आपने इसे खूब मथा है!

[वह कर पिता की ओर देखने लगता है।]

इन्सान को मेहनत करनी चाहिए। जब इम्तहान हो जाए तो बताइएगा—पेपर्स कैसे हुए!

[हलका-सा हंस देते हैं।]

पं० ख्यालीराम : आपसे नहीं बताएगा तो किसे बताएगा!

[पं० ख्यालीराम भी उसी तरह हंस देते हैं।]

जाओ बेटा, चाय भिजवाओ! भिजवाओ

क्या, स्वयं लेकर आओ। अतिथि कोई भी हो, पूज्य होता है। श्रीमान पं० हज़ारीलालजी तो वैसे भी हमारे लिए देवतुल्य हैं।

पं० हज़ारीलाल : मास्टरजी, जब संबंध तय हो गया, फिर बेटी के घर की चाय पीकर क्या नर्क में जाना है? अब आज्ञा दें...

पं० ख्यालीराम : अभी तो बातें ही हुई हैं श्रीमान...

पं० हज़ारीलाल : आप तो संस्कृत के पंडित हैं...आप तो जानते ही हैं, संकल्प मुख्य होता है...अच्छा, आज्ञा दें।

[पं० हज़ारीलाल उठने लगते हैं।]

पं० ख्यालीराम : लेकिन...

पं० हज़ारीलाल : कहिए! क्या कुछ और कहना है?

पं० ख्यालीराम : आपके सामने कुछ कहना छोटे मुंह बड़ी बात होगी!

[पं० हज़ारीलाल हंसते हैं।]

पं० हज़ारीलाल : ठीक है। जैसा आप कहेंगे, वैसा हो जाएगा।

[गंभीर होकर]

लेकिन आपको पाठशाला की हेडमास्टरी से इस्तीफा देना होगा...

[पं० ख्यालीराम एकाएक घबराकर खड़े हो जाते हैं।]

पं० ख्यालीराम : लेकिन मेरा परिवार...

[पं० हज़ारीलाल मुस्कराते हैं।]

पं० हज़ारीलाल : आपको संस्था का वैतनिक मन्त्री नियुक्त कर दिया जाएगा। एक सुसज्जित घर की व्यवस्था हो जाएगी...! आपके पुत्र की ज़िम्मेदारी हमारी...

[पं० ख्यालीराम धोती उठाकर प्रसन्नता से भरी आंखें पोंछते हैं। मुंह से बोल नहीं निकला। गला रुंध जाता है।]

एक शर्त हमारी भी है।

[कुछ देर चुप रहते हैं।]

विवाह एक सप्ताह के अन्दर सम्पन्न हो जाएगा!

पं० ख्यालीराम : लेकिन लड़के की पढ़ाई?

प० हज़ारीलाल : उसकी चिन्ता हमें करने दीजिए!

[रसोई से खंखारने की आवाज़ आती है। पं० ख्यालीराम उधर की तरफ जाते हैं। पंडिताइन रसोई के बाहर निकलकर पं० ख्यालीराम को सहमति देने का गर्दन से इशारा कर देती हैं।]

पं० ख्यालीराम : जैसी आपकी इच्छा! पर...

[हज़ारीलाल फिर प्रश्न-भरी दृष्टि से ख्यालीराम की तरफ देखने लगते हैं।]

आपने तो देखा ही, लड़का कितना सीधा, सरल, कम बोलने वाला है। विवाह हो जाने पर कहीं...फेल-फाल न हो जाए?

[हजारीलाल हंस देते हैं।]

पं० हज़ारीलाल : इस चिन्ता को छोड़िए। रिश्ता पक्का...

[ख्यालीराम दांत निकाल देते हैं। हज़ारीलाल बाहर निकल जाते हैं। ख्यालीराम पीछे-पीछे दौड़ते-से जाते हैं। द्वारिकानाथ चाय लेकर आता है।]

द्वारिका : (स्वतः) चले गए...मैं तो चाय लाया था।

[द्वारिका चाय मेज़ पर रख देता है और चाय बनाकर खुद पीने लगता है।]

अंक–2

"घास और घोड़ा" नाटक के विभिन्न दृश्य

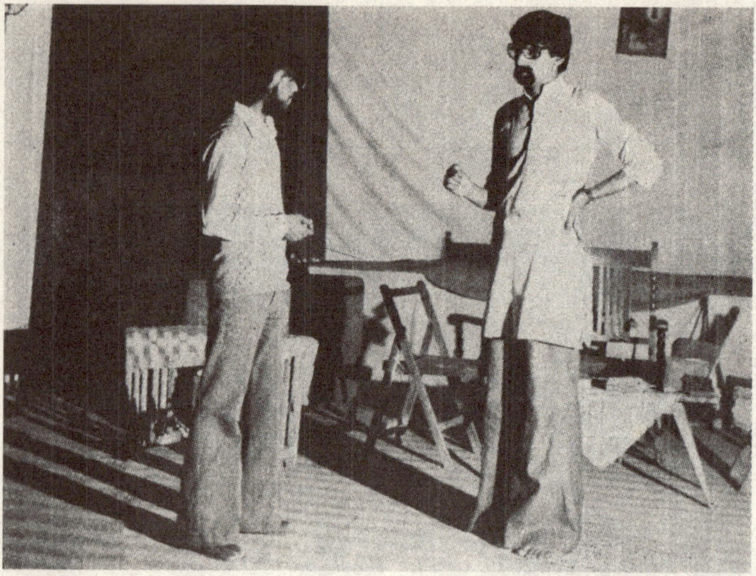

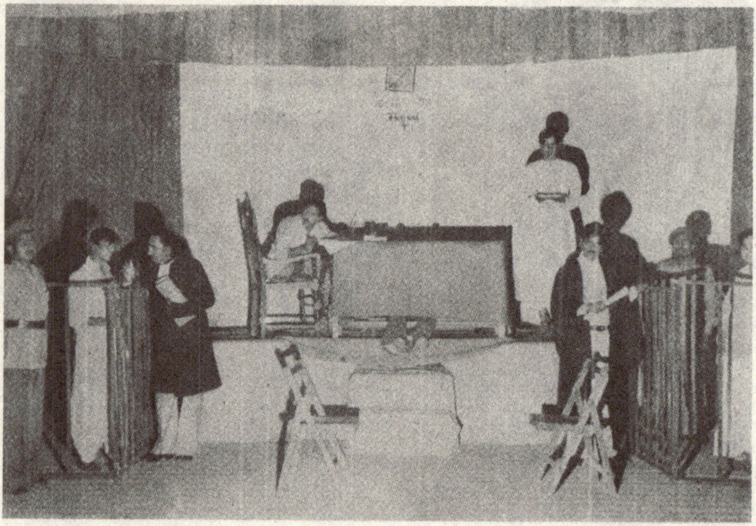

दृश्य–1

[पं० ख्यालीराम का घरवाला सेट अस्त-व्यस्त पड़ा है। निर्देशक परेशान टहल रहा है। बीच-बीच में स्क्रिप्ट पढ़ता जाता है। संवाद बोलकर और मुद्राएं बनाकर भी देखता जाता है। लेखक प्रसन्नमुख है। निर्देशक की तरफ देखता है, मुस्कराता है और गंभीर हो जाता है।]

लेखक : हज़ारीलाल ने नाव में हुए छेद की मरम्मत कर ही ली। अब वह निश्चिन्त है।

[ज़ोर से हंसता है।]

निर्देशक : हंसते हो। आगे क्या होगा? क्या शादी का ताम-झाम भी मंच पर ही फैलाना पड़ेगा?

[लेखक फिर हंस देता है।]

निर्देशक : (**परेशानी के साथ**) स्क्रिप्ट अधूरी है। इसमें यह सब कुछ नहीं! मैं अपनी तरफ से इतना सब नहीं कर सकता।

लेखक : (**हंसकर**) हज़ारीलाल ने कहा है—संकल्प!

[निर्देशक हल्के से 'संकल्प' शब्द को दोहराता है। लेखक हंसता रहता है। निर्देशक उसकी हंसी से और अधिक परेशान हो जाता है।]

निर्देशक : द्वारिकानाथ का क्या होगा?

लेखक : द्वारिकानाथ के होने वाले ससुर पं० हज़ारीलाल कह गए हैं, उसकी चिन्ता उनपर छोड़ दो।

निर्देशक : तो फिर नाटक कैसे बढ़ेगा...? चिल्लाकर कह दूं, नाटक खत्म हो गया?

लेखक : नाटक क्याक भी खत्म होता है! घटनाएं एक बार घटकर दोबारा नहीं घटतीं। चर्चा, संवाद, विवेचना, दृश्य बार-बार दोहराए जाते हैं।

निर्देशक : अललटप्प संवाद, चर्चाएं...न तो ज़िन्दगी में कोई अर्थ रखते हैं और न नाटक में...

[लेखक हंस देता है। निर्देशक झुंझला पड़ता है।]

मैं कहता हूं, ऐसे अधूरे नाटकों का कोई अर्थ नहीं!

[शोर सुनाई पड़ता है।]

निर्देशक : देखो वे सब चिल्ला रहे हैं! अन्दर घुस आएंगे!

[लेखक का हाथ पकड़कर]

बताओ, किस पात्र को मंच पर बुलाऊं? क्या आगे का नाटक अपने-आप रच डालूं?

लेखक : जब तक स्क्रिप्ट मेरे पास थी, तो मैं परेशान था, अब स्क्रिप्ट तुम्हारे पास पहुंच गई तो इस परेशानी को तुम झेलो। (**मुस्कराता है**) तब मुझे लग रहा था, मैं ज़िन्दगी के बारे में कुछ नहीं जानता! अब तुम्हें लग रहा है कि तुम जिन्दगी और मंच के बारे में भी कुछ नहीं जानते। दरअसल हम सब ज़िन्दगी को मात्र एक पेड़ मानते हैं जो मौसम पर पत्ते गिराता है, कोंपले निकालता है, फूल और फल देता है और सूखने पर उसके तख्ते निकल आते हैं। वह न पेड़ है और न नदी! क्या तुम्हें नहीं लगता कि वह एक समझ है? कभी पारे की गोलियों की तरह मिलकर एक हो जाती है और कभी इतनी बिखर जाती है कि समेटना दुश्वार हो जाता है!

निर्देशक : तुम इतनी लम्बो बातें करके मुझे डुबा देना चाहते हो।

[लेखक फिर हंसने लगता है। लेकिन

उसके हंसने में इस बार थोड़ी तटस्थता होती है।]

लेखक : मुझे केवल एक दर्शक समझो!

निर्देशक : तुम अपने उत्तरदायित्व से भागना चाहते हो! नाटक का लेखक, दर्शक बनकर अपने उत्तर-दायित्व से मुक्त नहीं हो सकता!

लेखक : मैं उधर बैठ जाऊंगा। वहां बैठकर दर्शकों की तरह शोर मचाऊंगा। हो सकता है, किसी सीन को देखकर रोने या हंसने भी लगूं...और कुछ नहीं, तो हो सकता है, घूम-घूमकर कहूं, नाटक को जिस ज़िन्दगी की ज़रूरत थी, वह इसमें नहीं है!

[कुटिलता से मुस्कराता है]

और अगर कुछ भी न कह सका तो लेखक बनकर कहूंगा कि निर्देशक ने बिना ज़िन्दगी को समझे मेरे नाटक को मंच पर झोंक दिया!

निर्देशक : ये मंच सबका है। अकेले निर्देशक का ही नहीं। दर्शक क्या उससे अलग हैं?

[लेखक एकाएक गुम हो जाता है। उसके चेहरे पर होते परिवर्तनों से लगता है, वह बदलता जा रहा है।]

निर्देशक : तुम चाहते हो, तुम्हारे नाटक के लिए मैं एक ऐसी लड़की पैदा कर दूं जो पति की हत्या हो जाने पर अपने भाई को फांसी चढ़वा दे? यह

सब झूठ मुझसे नहीं होगा।

[वह स्क्रिप्ट रख देता है।]

लेखक : तुम ठोक कहते हो। घटना जब तक घटती रहती है तभी तक सच होती है। घटने के बाद झूठ हो जाती है। लेखक की यही मजबूरी है। वह चाहे जितनी कोशिश करे, घटी हुई घटना को सत्य बनाकर लौटा नहीं पाता।

निर्देशक : तुम मुझसे नाटक की बात करो, इस मंच की बात करो। तुम्हारी मजबूरी से मेरा कोई सरोकार नहीं। भाड़ में जाए तुम्हारी मजबूरी ...और तुम!

[गुस्से में होंठ कांपने लगते हैं।]

लेखक : बुरा न मानो। मैं इस नाटक का दर्शक भी हूं, पात्र भी, चरित्र भी और शायद अपनी तरह से निर्देशक भी! ये सब संतरे की फांकों की तरह मेरे अन्दर बन्द पड़े थे। अब बिखर गए। तुम निर्देशक बनकर सच-झूठ का फैसला कर रहे हो...यदि यह सब झूठ है तो मुझे अपनी मौत मर जाने दो। इन सबको एक बार मंच पर आने दो...

निर्देशक : दरोगा कौन है? प्रधान कौन है? द्वारिका कौन है? जज कौन है? मुलज़िम कौन है? प्रधान का बेटा कौन है?

लेखक : मैं!

[निर्देशक कर्तव्यविमूढ़-सा उसकी तरफ देखने लगता है। लेखक संतुलित स्वर में बोलता रहता है।]

लेखक : द्वारिका बनने वाला पात्र, प्रधान का बेटा भी हो सकता है और जज भी! क्या हम सब कुछ एकसाथ नहीं होते? इन सब पात्रों को ज़िन्दगी से काटकर मत देखो।

[निर्देशक ज़ोर-ज़ोर से सीटी बजाने लगता है। अंधेरा होता है। मंच पर भागदौड़ होती है। आर्केस्ट्रा तेज़ी से बजने लगता है। मंच धीरे-धीरे बदलकर विमला के घर में परिवर्तित हो जाता है। फिर प्रकाश होने लगता है। द्वारिका बनने वाला पात्र प्रधान के बेटे के रूप में प्रवेश करता है। विमला चक्की पीसती होती है।]

प्रधान का बेटा : भाभी!

[चक्की रुक जाती है। विमला पसीना पोंछते हुए उसकी तरफ देखकर हंस देती है। वह अन्दर की तरफ इशारा करता है।]

यह जानवर कहां से आ टपका? इसे जल्दी से लम्बा करो!

विमला : मेरा मां-जाया भाई है, जानवर नहीं!

प्रधान का बेटा : भाई, भाई की जगह। आदमी, आदमी की जगह। और हम, अपनी जगह...हम यानी देवर!

[दोनों हंस पड़ते हैं। वह फिर चक्की चलाने लगती है।]

विमला : तुम कभी-कभी उनके सामने भी आया करो। हमेशा पीछे ही आते हो...दस तरह की बातें होती हैं।

प्रधान का बेटा : मैं जहां भी जाता हूं, अकेला ही होता हूं...

विमला : बड़े अकड़ू खां हो!

प्रधान का बेटा : बिना अकड़ू खां हुए तुम पसन्द कर लेतीं क्या?

[चक्की रुक जाती है।]

विमला : **(प्यार से)** तुम इतना न बोला करो!

प्रधान का बेटा : बिना बोले हमारा काम चल जाए तो हमें क्या पागल कुत्ते ने काटा है जो...

[खटर-पटर को आवाज़ होती है। वह आंख के इशारे से चुप रहने के लिए कहती है।]

अच्छा, तो तुम इसे चलता करो। साला, जीजा की सेवा करता हुआ ही अच्छा लगता है। और देवर...भाभी की।

[धमकी देने के ढंग से]

इसमें कोई अन्तर पड़ा तो फिर हमें ही जीजा-

साले, दोनों की सेवा करनी पड़ेगी।

विमला : (**स्वर हल्का-सा तेज़ हो जाता है**) देखो, तुम कभी-कभी ऐसी बातें कह देते हो कि दिल दुख जाता है। आदमी का रिश्ता एक ही तो नहीं होता...इन लोगों से तो फिर भी मेरा असली रिश्ता है।

प्रधान का बेटा : हमारा तो अकेला ही रिश्ता है...

[विमला खिन्न होकर फिर चक्की चलाने लगती है।]

प्रधान का बेटा : तो फिर...?

विमला : जाओ!

प्रधान का बेटा : कितनी देर में?

विमला : आज नहीं, मेरा भाई आया है।

प्रधान का बेटा : भाई को तो मैं ऐसा चलता कर दूंगा कि फिर कभी आएगा ही नहीं!

[विमला रुआंसी हो जाती है और गुस्से में भर जाती है।]

विमला : तुम जिसके बारे में चाहे जो कह देते हो! वह मेरा अकेला भाई है। अच्छा, जाओ। वह आता होगा।

[प्रधान का बेटा हंसता है।]

विमला : हंसो नहीं, तुम्हारी बातें मुझे कुचल देती हैं।

प्रधान का बेटा : भाभी, नाराज़ हो गईं। तुम्हारा भाई मेरा दुश्मन थोड़े ही है। मेरा तो मतलब था, तुम्हारे

भाई को गांव की किसीसे ऐसा हिलका दूंगा फिर यहां आकर ही नहीं झांकेगा!

[विमला के चेहरे का तनाव कुछ कम हो जाता है। दरवाज़ा खुलने की आवाज़ आती है। विमला चक्की चलाने लगती है। प्रधान के बेटे को जाने का इशारा करती है।]

प्रधान का बेटा : अभी तो जाता हूं, रोटी-टुकड़े के बाद आऊंगा। तब तक...

[मुड़कर देखता हुआ चला जाता है। विमला का भाई कमीज़ पहनता हुआ निकलता है। छरहरा, तेज़ नाक-नक्श वाला। सीधा-सादा गांव का-सा अधपढ़ा-लिखा नौजवान।]

विमला का भाई : कौन था?

[विमला भाई के चेहरे की तरफ देखती है। वह कमीज़ के बटन बंद करता रहता है।]

विमला : यही तो था प्रधान का बेटा। उनको अपने बड़े भाई की तरह मानता है।

विमला का भाई : (**अन्यमनस्कता से**) प्रधान का बेटा कौन?

विमला : इसीने तो तुम्हारे जीजा को पुलिस वालों से बचाया था। कम्बख़्तों ने उन्हें चोरी के चक्कर में फंसा दिया था।

विमला का भाई : (कफ से बटन बन्द करता हुआ) तो?

विमला : चल, रोटी खा ले। फिर दुकान पर जाकर अपने जीजाजी का हाथ बंटाना। जब तू आ जाता है तो उनका सीना दुगना हो जाता है। नहीं तो रात-दिन कोल्हू के बैल की तरह जुते रहते हैं। उमर भी तो हो गई।

[विमला हंस देती है। विमला का भाई अनमना-सा बना रहता है।]

चुप क्यों है? बोलता क्यों नहीं? मेरा कुछ नहीं बिगड़ता, घर रहना चाहे घर रह ले। मैंने तो इसलिए कहा कि घर में पड़े-पड़े मरद-मानस का जी भी तो नहीं लगता।

विमला का भाई : बहन...

[बीच में रुककर सोच में पड़ जाता है।]

एक बात कहूं?

[फिर चुप हो जाता है। विमला के माथे पर तनाव आ जाता है।]

जीजा को प्रधान के बेटे का आना पसन्द नहीं!

[दोनों चुप रहते हैं। कुछ देर तक दोनों के बीच किसी तरह का कोई संवाद नहीं होता। विमला का भाई अपना बटन उमेठता रहता है। विमला गर्दन झुकाए पैर के अंगूठे से जमीन कुरेदती रहती है। विमला

पहले बोलती है :]

विमला : चल, कुछ खा ले!

[विमला का भाई बिना हिले चुपचाप खड़ा रहता है। उसका हाथ बटन पर ही टिका रहता है। मंच पर अंधेरा हो जाता है। दोबारा जब प्रकाश होता है तो विमला का भाई वहां नहीं होता। विमला उसी जगह खड़ी होती है। प्रधान का बेटा आता है। विमला को छूता है। विमला अंगड़ाई लेती है।]

विमला : तुम...आ...गए!

[प्रधान का बेटा उसके और अधिक निकट आने का प्रयत्न करता है।]

भैया चला गया।

[दोनों वाक्यों को विमला एक साथ बोलती है।]

तुम आ गए, भैया चला गया!

[हंसती है।]

प्रधान का बेटा : तुमने बुलाया था, कैसे न आता! तुम्हारे बिना मैं रह नहीं सकता!

[विमला कुछ ऐसे देखती है, जैसे उसे न देखकर कहीं और देख रही हो।]

विमला : (अर्थहीनता के साथ कहती है) मेरे बिना...

[हंसना चाहती है पर हंस नहीं पाती]

अपने लिए एक औरत ले आओ। पराये मर्द की औरत के सहारे कब तक रहोगे?

[प्रधान का बेटा ठठाकर हंस देता है।]

विमला : हंसो नहीं, समझो। परायी औरत, औरत कम कठपुतली ज़्यादा हो जाती है। मुझे लगता है, न मैं तुम्हारे साथ औरत रह पाती हूं न उनके साथ। उनके दांत गंदे हैं, तुम्हारे उजले ; पर औरत तो उन्हींकी हूं...

प्रधान का बेटा : मेरे सिवाय तुम किसीकी नहीं हो सकतीं। किसमें हिम्मत है, तुम्हें छू सके...मैं प्रधान का बेटा हूं!

[विमला बिना उसकी बात की ओर ध्यान दिए तटस्थता से बोलती जाती है।]

विमला : तुम मत आया करो। आकर क्या कर लेते हो? जब तक तुम रहते हो, वे भी यहीं बने रहते हैं। उनके रहते मैं तुम्हारे निकट कैसे आ सकती हूं...तुम गलत समझते रहते हो कि मैं तुम्हारे निकट हूं।

प्रधान का बेटा : तुम कहीं और हो...मेरी तरफ देखो।

[विमला बोलती रहती है :]

विमला : मेरा भैया भी कह रहा था। वह आज तक मेरे सामने नहीं बोला। ज़रूर उनकी आत्मा दुखी होगी...वह मेरा अकेला भाई है। भाई

और अकेला, इसका मतलब जानते हो? नहीं जानते?

[धीरे-धीरे बुदबुदाती है :]

उसकी बात मैं कैसे टाल दूं... ?

[प्रधान के बेटे का चेहरा और आवाजें दोनों सख्त हो जाते हैं।]

प्रधान का बेटा : तो मैं न आया करूं?

[विमला गर्दन हिलाकर सहमति प्रकट कर देती है।]

तो फिर कौन आएगा? तुम्हारा आदमी या भाई?

[हंसता है। विमला कुछ नहीं बोलती। प्रधान के बेटे की शक्ल धीरे-धीरे पथराती जाती है। साथ ही साथ मंच पर प्रकाश कम होता जाता है। प्रधान का बेटा एक ओर स्थिर - सा खड़ा रहता है। प्रकाश वहां नहीं रहता। विमला का पति आता है। वह लगभग पैंतालिस-पचास वर्ष का आदमी है।]

विमला का पति : कहां हो?

[विमला बिना सुने उसी जगह खड़ी रहती है। वह ज़ोर से पुकारता है :]

कहां चली गई!

[विमला ऐसे बोलती है, जैसे कहीं बहुत दूर से बोल रही हो।

विमला : यहां।

विमला का पति : वो कहां है?

[विमला की गर्दन यान्त्रिक तरीके से एकाएक हिलती है। वह इधर-उधर देखती है।]

विमला : चला गया होगा!

विमला का पति : क्यों आया था?

विमला : मिलने!

विमला का पति : तुम उससे क्यों मिलती हो?

विमला : मिलने जो आता है!

विमला का पति : तुम औरत किसकी हो?

विमला : औरत होना ही क्या... ! **(हल्का-सा हंसकर)** वैसे तुम्हारी!

विमला : वह तुम्हारा क्या है?

[चुप रहती है। धीरे-धीरे उसके चेहरे से लगता है, वह वहां नहीं है। उसका पति पास जाकर झकझोरता है।]

विमला का पति : बोलती क्यों नहीं? सांप क्यों सूंघ गया? बता, वह तेरा क्या है?

[विमला एकाएक हंस देती है।]

विमला : वही कहता है, मैं तुम्हारा देवर हूं...

विमला का पति : बस?

विमला : नहीं, और भी...कहता है, तुम्हारे बिना नहीं रह सकता!

विमला का पति : तुम क्या कहती हो?

विमला : उसके दांत बहुत चमकीले हैं!

विमला का पति : तुम्हारे भाई ने तुमसे कुछ नहीं कहा?

[विमला का भाई प्रधान के बेटे के बराबर में स्टैच्यू की तरह सरक आता है।]

विमला : कहा था!

विमला का पति : फिर?

विमला : **(रो पड़ती है)** मैं क्या करूं?

[अंधेरे में खड़े प्रधान के बेटे की तरफ इशारा करती है।]

देखो, वह रहा। जब वह रहता है तो तुम मौजूद रहते हो और जब तुम रहते हो तो वह मौजूद रहता है।

[विमला का पति इधर-उधर देखता है पर उसे दिखाई नहीं पड़ता।]

विमला का पति : कहां है वह? बुलाओ मैं उससे साफ-साफ बात करूंगा। वह मेरा घर क्यों बरबाद करना चाहता है?

[विमला के भाई की तरफ इशारा करता है।]

तुमने कभी अपने भाई की आंखें गौर से देखी हैं? देखो, देखो! वह किस तरह तुम्हारी तरफ देख रहा है। जब भी मैं तुम्हारे बारे में सोचता

हूं तो मुझे तुम्हारा मां-जाया भाई दिखाई पड़ने लगता है। कहता है, जोजा, तुम बहन को माफ कर दो...मैं उसे समझा लूंगा!

[विमला अपने भाई को खोजने की कोशिश करती है। वह उसे दिखाई नहीं पड़ता।]

विमला : तुम मुझे पागल मत बनाओ। कहां है मेरा भाई और उसकी आंखें...मुझे तो कहीं दिखाई नहीं पड़ता। सिर्फ प्रधान का बेटा है। ...मुझे लगातार घूर रहा है। तुम चले जाओ...कहीं वह...

[विमला का पति भी धीरे-धीरे हट जाता है और विमला के भाई की बगल में गर्दन झुकाकर चिन्ता की मुद्रा में खड़ा हो जाता है।]

चले गए?

[कुछ देर चुप रहती है।]

लेकिन ये दोनों तो यहीं बने हैं। मैं दोनों में से किसे निकाल दूं? उसे निकालूंगी तो वह हंस देगा। कहेगा, मैं तुम्हारे बिना नहीं रह सकता। उसके दांत चमकने लगेंगे। मैं...मैं...मैं क्या उसके बिना रह सकती हूं? नहीं, नहीं, मैं किसीसे कुछ नहीं कह सकती!

[प्रधान के बेटे में कंपन होता है। वह चलकर अंधेरे से बाहर आता है।]

विमला : तुम जाओ। यहां से चले जाओ। मेरे घर को बरबाद न करो। देखो, वे तम्हें ही देख रहे हैं। मेरे पास कुछ भी तो नहीं रखा। यह शरीर? ना, यह मेरा शरीर नहीं है। तुम्हारा भी नहीं... इस शरीर को कुत्ते खाएंगे!

[एकाएक हंसने लगती है। हंसती चली जाती है। प्रधान का बेटा आकर बिलकुल सामने खड़ा हो जाता है। धीरे-धीरे उसकी हंसी बन्द हो जाती है। चेहरे पर भय उभर आता है।]

तुम चले जाओ! वे आ रहे हैं!

[विमला का पति धीरे-धीरे आ जाता है। प्रधान का बेटा बिना बोले खड़ा रहता है। पति को संबोधित करती है :]

मैंने मना कर दिया। प्रधान का बेटा अब कभी भी नहीं आएगा। तुम दुखी मत हो।

[पति असहाय नजरों से प्रधान के बेटे की ओर देखता है। वह प्रधान के बेटे की ओर घूमती है।]

जाओ, अब मत आना...मेरे पास क्या रखा है।

[प्रधान का बेटा विमला के पति की

ओर बढ़ता है। विमला के पति की हत्या कर डालता है। विमला का भाई अंधेरे से निकलकर गिरते हुए जीजा को संभाल लेता है। मंच पर अंधेरा हो जाता है।

[पर्दा गिरता है।]

दृश्य-2

[उजाला होता है। मंच पर अकेला लेखक परेशान घूमता नज़र आता है।]

लेखक : इस नाटक ने अजीब मोड़ ले लिया?

[बैठ जाता है।]

विमला के पति की हत्या प्रधान के बेटे ने कर दी। प्रधान का बेटा वही द्वारिका...पर इससे क्या! पर यहां उसके पति की लाश होनी चाहिए थी। विमला को लाश के ऊपर अपनी चूड़ियां फोड़नी चाहिए थीं। उसके भाई को अपनी बहन के कंधे पकड़कर हिलाना चाहिए था...उसका मरना इतना महत्त्वहीन कैसे हो गया...शायद नाटक में ऐसा ही होता हो!

[फिर उठकर टहलने लगता है।]

हो सकता है, मृत्यु के बाद का वह पूरा तामझाम उसे फार्स में बदल देता!

[व्यंग्य से मुस्कराता है।]

लेकिन जितना कुछ भी हुआ है, वह क्या फार्स नहीं! जो एक आदमी द्वारिका की भूमिका में इतना अनाड़ी, वही प्रेमी की भूमिका में इतना कायर! शेवल्‌री मनुष्य को कायर और आत्म-केन्द्रित बनाती है। लेकिन नाटक का यह रूप कहीं दर्शकों पर गलत प्रभाव न डाले...

[उसके चेहरे पर घबराहट-सी आ जाती है। वह खड़ा हो जाता है।]

हम उसे खलनायक ही कहें। लेकिन खलनायक स्वार्थ में चाहे जितना अंधा क्यों न हो, परन्तु उसका मानवीय पक्ष भो तो होता होगा? नाटक एक गलत मोड़ पर आ गया। मैं सबको प्रधान का बेटा बनाए डाल रहा हूं। कई बार लेखक सोचना और लिखना कुछ चाहता है, सोच और लिख कुछ और जाता है। इस नाटक को यहीं रोक दो। आगे मत बढ़ाओ।

[वह मंच पर दौड़ता है। नेपथ्य से निर्देशक की पुकार सुनाई पड़ती है।]

निर्देशक : कहां गए? लेखक महोदय कहां गए? विमला का पति मर गया...विमला अभी जीवित है...

विमला का भाई जीवित है...प्रधान और प्रधान का बेटा जीवित है! दरोगा भी आ गया...

लेखक : (**बड़बड़ाता है**) इस नाटक को रोक देना चाहिए। इसे बढ़ाना जनहित में नहीं? क्राइम सद्जीवन को पीछे ढकेलता है।

[**जोर से चिल्लाकर कहता है :**]

निर्देशक, नाटक को यहीं रोक दो। कह दो कि लेखक ने एक पतनोन्मुख नाटक लिखा था। उसे खेलना जनहित में नहीं था। पुलिस, कत्ल, एडल्ट्री—ये एक खराब जिन्दगी की शुरुआत होते हैं...

[**रोशनी कम हो जाती है। पात्र मंच पर आने लगते हैं। लेखक उन्हें हाथ फैलाकर रोकना चाहता है। वे सब पूरे मंच पर फैलकर खड़े हो जाते हैं**]

नहीं, तुम जाओ! नाटक नहीं होगा।

[**निर्देशक मंच पर आता है। लेखक को हाथ पकड़कर हटा देता है।**]

निर्देशक : एक बार आरंभ हुआ नाटक कभी नहीं रुकता। बीच में छोड़ देना मंच का अधूरा अन्त होता है। नाटक चलने दो...

[**कलाकारों की तरफ देखकर**]

नाटक आगे बढ़ाओ! पूरा होने दो!

[वाद्य द्रुत गति से बजने लगते है। मंच पर अंधेरा हो जाता है। कलाकार मंच की व्यवस्था बदलने में लग जाते हैं। रोशनी पहले कम होती है। फिर बढ़ती है। हज़ारीलाल की भूमिका निबाहने वाला व्यक्ति दरोगा की भूमिका में मेज़ पर पांव रखे बैठा होता है। प्रधान की भूमिका में पं० ख्यालीराम की भूमिका निबाहने वाला पात्र होता है। दोनों धीरे-धीरे बात करते होते हैं। शुरू में सुनाई नहीं पड़ता। बाद में उनको बात-चीत सुनाई पड़ने लगती है।]

प्रधान : सरकार, आपका वह लड़का (**दरोगा 'आपका' शब्द पर चौंकता है**) नालायक निकल आया... बुढ़ापे में कालख लगा दी। है तो लड़का ही...आखिर अपना खून ठहरा। जैसे नचाएगा, नाचेंगे! बस, आप ही का सहारा है...

[टोपी उतारकर पैरों पर रख देता है।]

दरोगा : बता दिया ना...घोड़ा घास से यारी करेगा तो खाएगा क्या?

प्रधान : मेरी बिसात देखकर जो तय कर दें...वही सेवा करूंगा।

दरोगा : (**हंसता है**) दरोगा की ही क्या बिसात कि फांसी पर चढ़े आदमी को उतार ले! बिसात तो बनाने से ही बनती है!

प्रधान : मालिक, मेरी चमड़ी के जूते बना लें!

दरोगा : आप भैस, गाय, लोमड़ी होते तो सोचता भी। आप तो आदमी हैं। यह बात दूसरी है कि खाल और आदमियों की खाल से कुछ ज़्यादा मोटी हो।

[प्रधान पांव पकड़ लेता है।]

प्रधान : कुछ करिए...मेरे बुढ़ापे पर रहम खाइए!

[अपनी फेंट से नोट निकालकर मेज़ पर रख देता है।]

बस, इतने पर मान जाइए। इससे ज़्यादा गुंजाइश नहीं!

[दरोगा बिना उसकी तरफ देखे उठने लगता है।]

दरोगा : मुझे गश्त पर जाना है, कल आना।

प्रधान : आप हां तो कहते जाइए!

दरोगा : गले में आवाज़ तो नहीं, हां कैसे कहूं!

प्रधान : दया...

दरोगा : तुम्हारे बेटे ने दया की थी?

प्रधान : उसकी अक्ल मारी गई थी!

दरोगा : मेरी ही कहां काम कर रही है!

प्रधान : अकेला है। मेरा खानदान खत्म हो जाएगा!

दरोगा : मैं भी तो अकेला ही हूं...

प्रधान : सरकार...

दरोगा : प्रधानजी, मुझे तो दो-दो काम एकसाथ करने पड़ेंगे। आपके कातिल बेटे को बचाना और उस बेगुनाह को फांसी पर चढ़वाना...दो काम तो दो ही मिलकर कर सकते हैं। मैं और वह...

[जेब की तरफ इशारा करता है। प्रधान कुर्ते के नीचे पहनी बंडी की जेब में हाथ डालता है। धीरे-धीरे सब निकालकर मेज़ पर रख देता है। बोलता कुछ नहीं।]

दरोगा : पूरा है?

[प्रधान सिर्फ गर्दन हिलाता है। दरोगा उठाकर जेब में भर लेता है।

प्रधान : रपट?

दरोगा : घबराते क्यों हो प्रधान, स्साले बड़े-बड़े पुलिस कप्तान सलाह लेने आते हैं!

[पुकारता है]

दीवान जी! अरे कहां मर गए...

[आवाज़ आती है]

दीवान : आया सरकार!

दरोगा : आया सरकार, आया सरकार! हम गला फाड़कर बुला रहे हैं, आप लहंगा ओढ़े बैठे हैं। यहां गांव का प्रधान बैठा अपनी ऐसी की तैसी करा रहा है, आपको फ़ुर्सत ही नहीं है!

[दरोगा खुसुर-पुसुर करता है।]

वो साला आपका लौंडा आया है? उसी के नाम से रपट लिखी जाएगी ना?

[प्रधान बाहर जाता है। बेटे के साथ दबे कदमों से अन्दर आता है। दरोगा लड़के को डांटता है।]

क्यों बे, इश्क करता है? इश्क-इश्क में साले खून-खराबे पर उतर आया? ऐसी मर्दानगी थी तो चला आता। सारी गर्मी ठंडी करा देता। अपने इस साले बाप की बुढ़ौती का भी खयाल नहीं किया! वो औरत तेरा साथ देगी...खिलाफ बोल गई तो गर्दन कटुवे पर लटक जाएगी! हाथ-भर लम्बी जीभ बाहर लहराती नज़र आएगी!

प्रधान : जो हो गया सो हो गया! अब तो इसकी जान आपके हाथ में ही है...खड़ा क्या है, पकड़ ले दरोगा जी के पैर! ऐसा अफसर दूसरा नहीं मिलेगा...

[प्रधान का बेटा पैरों पर गिर पड़ता है। दरोगा सीधा बैठा रहता है!]

दरोगा : अभी तक नहीं आया बे दीवान जी! वहां क्या दफा 302 का फैसला लिख रहा है! मांक्का...

[दीवानजी की आवाज़ फिर आती है।]

दीवान : आया सरकार!

[दरोगा एक मिनट सोचता है। फिर उसकी आंखों में एकाएक चमक-सी आ जाती है।]

दरोगा : प्रधान, तुम ऐसा करो। रपट अपने नाम से दायर करो!

[लड़के की तरफ इशारा करता है]

इसे यहां से चालू कर दो। बेकार एक-आध मार बैठूंगा। कानून को अपने हाथ में लेने वालों से मुझे सख्त नफ़रत है। तुम्हारा बेटा ना हुआ होता तो अभी साले को बंद करके ऊपर-नीचे का रास्ता एक करा देता।

[लड़के को झिड़कता है]

चल बे, जा! जाकर गवाहों को तैयार कर! उसको खास तौर से समझा लेना। कहीं वही तेरे उल्टा डंडा न चढ़ा दे!

[लड़का चला जाता है। दीवान जी झपटते हुए आते हैं।]

दरोगा : आप आ गए? ये प्रधानजी इतनी देर से अपनी अम्मा का फातिहा तुम्हारे नाम पढ़ रहे हैं। **(प्रधान चौंककर दरोगा की ओर देखता है)** भले आदमी हैं, सबका दर्द अपने जिगर में समेटे घूमते हैं। गांव साला कत्ल हो गया तो चले आए पुलिस को बुलाने!

[प्रधान को संबोधित करता है]

यह गांव की खैरख्वाही सब पीछे से निकल जाएगी। मर गया तो साला मर गया था। किसीको चिट्ठी देकर भेज देते। हम लोग तो यहां हैं अपनी चची के साथ जिन्हा करने को!

प्रधान : क्या करें सरकार, तबीयत नहीं मानती। सारी ज़िन्दगी सेवा में गुज़ार दी, इसी काम में ठिकाने भी लग गई तो लोग याद करेंगे। गांधीजी ने भी देश की सेवा में ही जान दी थी। आत्मा को शान्ति रहेगी, किसीका कुछ (**हकलाकर**) बिगाड़ा नहीं...

दीवान : प्रधानजी, इस शरीर से जिसका भला हो जाए उसी का अच्छा। हमलोग भी आप जैसे त्यागियों का मुंह देखकर अपने बाल-बच्चों के पेट पर पट्टी बांधकर बदमाशों की गोली-चाकू झेलते हैं। (**हंसता है**) ये बेचारे इतने भले आदमी, इनका बेटा...

[प्रधान घबरा जाता है। दरोगा बात टाल देता है।]

दरोगा : दुनिया में सभी तरह के आदमी होते हैं।

[प्रधान की तरफ देखता है। दरोगा अपने को संभालने की कोशिश करता है।]

ये रामनिरख तो वही था ना जो पिछली बार

चोरी का माल गिरो रखने में...

प्रधान : (**जल्दी से**) हां-हां! वही था! था गऊ आदमी! लोगों ने उसके बारे में गलत बातें उड़ा दी थीं। जब बाद में पता चला तो मैंने ही फिर आपसे आकर कहा—नहीं सरकार, वह ऐसा आदमी नहीं। उसे छोड़ दो! आपने छोड़ दिया।

[दरोगा मुस्कराता है।]

दरोगा : हमारे लिए तो प्रधान की बात खुदा की बात होती है। वह कहें, इन दीवानजी को बन्द कर दो तो दीवानजी बन्द। वे कहें, छोड़ दो तो दीवानजी बाहर। क्यों दीवानजी?

[दीवानजी हंसकर गर्दन हिला देता है और पेट पर हाथ फेरने लगता है। प्रधान अपनी बात फिर चालू कर देता है।]

प्रधान : लेकिन उसका साला महा बदचलन! हर वक्त उसकी जान खाए रहता था—ला पैसे! शाम को ही साले-बहनोई की कहा-सुनी हुई, मार-पिटाई की नौबत तक आ गई। वह मांग रहा था, रामनिरख कह रहा था—कहां से दूं। जब उसने बहुत तंग किया तो राम निरख बिगड़ गया। हालांकि वह कभी नाराज नहीं होता था पर उस दिन तो होनी उसके सिर पर सवार थी। उसने धक्का देकर निकाल दिया।

बाद में मुझे पता चला तो मैंने उसे बुलाकर समझाया। उसके साले को भी डांटा। मैं समझा, मामला रफा-दफा हो गया; लेकिन वह रफा-दफा नहीं हुआ था। रात ही को यह सब हो गया।

दरोगा : **(दीवान से)** लिखा?

दीवान : मैं समझा, प्रधान आपको सुना रहे हैं।

दरोगा : लगता है, पेंसिल में सुरमा नहीं। प्रधानजी, इनकी पेंसिल में सुरमा नहीं डलवाओगे तो ये क्या लिखेंगे?

[प्रधान पहले दरोगा की तरफ देखता है।]

दीवान : हम आपसे या प्रधानजी से बाहर थोड़े ही हैं।

दरोगा : ठीक है तो दीवानजी! जो कुछ इन्होंने बताया है, रपट में दर्ज कर लाओ। इसीकी कापी इन्हें दे देना। पक्की करने से पहले दिखा ज़रूर लेना!

[दीवान जाते-जाते प्रधान की ओर देखता है। प्रधान उसकी ओर देखता है।]

दरोगा : प्रधान, वकील मज़बूत हो तो मुकदमा आधा जीता, गवाह भी मज़बूत हों तो तीन-चौथाई।

जज तो एक-चौथाई में रहते हैं। एक बात का

ध्यान और रखना, उधर की पैरवी तगड़ी न होने पाए।

प्रधान : सुना है, उसका कोई चचेरा या फुफेरा भाई है। पर उसकी हालत कमज़ोर है!

दरोगा : (**हंसकर**) फिर तो उसे अंग्रेज़ी में समझा दिया जाएगा, हिन्दी में समझेगा तो हिन्दी में समझा दिया जाएगा। असली हथियार तो रामनिरख की बेवा का है।

[सोचने लगता है। एकाएक चुटकी बजाता है।]

प्रधान, एक बात समझ में आई, यह रपट तुम्हारी तरफ से दर्ज न कराकर रामनिरख की बेवा की तरफ से दर्ज कराई जाए। फिर वह स्साली निकलकर नहीं जा सकती। फिर दोनों मिलकर...चकाचक! दीवान को तुम्हारे साथ भेज दूंगा। दस्तखत करे, दस्तखत करा लेना, अंगूठा लगाए, अंगूठा लगवा लेना...मुकदमा फतह! कहो, कैसी कही...!

[दरोगा हंसता है। प्रधान भी मुस्करा देता है। दरोगा फिर चालू हो जाता है।]

और देखो, बेटे की आसनाई को कम मत होने देना। उससे कहना, कुंडली मारकर ऐसा लपेटा दे कि बस निकल न पाए!

[गंभीर आवाज़ के साथ]

कुंडली खुल गई तो फांसी का कटुवा और तुम्हारे बेटे को गर्दन...

[गर्दन पर हाथ रखकर बताता है। फिर उठकर खड़ा हो जाता है।]

हां, जरा दीवानजी का ध्यान रखना प्रधानजी! कहीं पोरी पर ही तकरार करके मामला बिगाड़ दो।

[प्रधान हाथ जोड़कर जबर्दस्ती सिर हिलाता हुआ महसूस होता है। दरोगा के जाते ही मंच पर अंधेरा होने लगता है। आर्केस्ट्रा मद्धम-मद्धम बजता है। मंच की व्यवस्था बदलने वाले लोग मंच की व्यवस्था ठीक करने में लगे रहते हैं।]

दृश्य-3

[निर्देशक लेखक से मंच के बारे में बात करता होता है।]

निर्देशक : द्वारिका बनने वाले पात्र को तुमने प्रधान के बेटे का पार्ट दिया, अब उसीको जज बनाना चाहते हो!

[लेखक कुछ नहीं कहता।]

प्रधान का बेटा ही प्रोसीक्यूशन का गवाह नम्बर-एक है। जज भी वही और गवाह भी! यह कैसे हो सकता है? लेखक, जब तुम मंच के बारे में कुछ नहीं समझते तो सुझाव क्यों देते हो? एक ही व्यक्ति को एकसाथ दो भूमिकाओं में कैसे लाऊं?

[लेखक हंसता है]

लेखक : सब हो सकता है...ज़िन्दगी को उसकी सही शक्ल में समेटने की शक्ति अभी मंच में नहीं आई...

[सामान उठाने-धरने की आवाज़ चालू रहती है। बीच-बीच में इतनी बढ़ जाती है कि लेखक और निर्देशक की बात सुनाई नहीं पड़ती।]

लेखक : हम लोग सब देखते हैं...तुम भी उसी तरह देखो...ज़िन्दगी को न तो केवल मंच की दृष्टि से देखा जा सकता है और न लेखक की! मंच के लिए ज़िन्दगी के विरोधाभासों का सरलीकरण नहीं किया जा सकता!

[निर्देशक झुंझलाता है]

निर्देशक : मंच की सीमाओं को तोड़कर मैं एक ही आदमी को दो भूमिकाओं में कैसे ले आऊं, बोतल में साबित चट्टान तो नहीं भरी जा सकती...

लेखक : जज एक ऊंची चीज़ होता है। उसका आसन गवाह के कठघरे के बराबर नहीं होता। (**हंसकर**) जज के कदमों का हिलते दिखाई पड़ना ही जज के उपस्थित होने का प्रमाण है।

[हंसकर]

न्याय जज की अभिव्यक्ति......

[मंच की खटर-पटर भी शांत है। आर्केस्ट्रा ही बजता रहता है। रोशनी धीरे-धीरे तेज़ होती जाती है। जज का आसन बहुत ऊंचा बना होता है। मेज़ दिखलाई पड़ती है। उसपर कलम, दवात, पेपरवेट, पिन-कुशन, कागज़-पत्र रखे होते हैं। मेज़ के नीचे एक जोड़ा पांव हिलते हुए नज़र आते हैं। उनके हिलने पर कचहरी में होने वाले बयानों और घटनाओं का प्रभाव पड़ता रहता है। मुलज़िम के रूप में विमला का भाई कठघरे के अन्दर खड़ा नज़र आता है। उसकी दाढ़ी बढ़ी हई है। आंखें बुझी हई हैं। दो सिपाही पीछे खड़े हैं। जज की आवाज़ सुनाई पड़ती है।]

जज की आवाज़ : मुकदमा पेश किया जाए!

[नेपथ्य से चपरासी की पुकार सुनाई पड़ती है।]

मुलज़िम रमुआ पिसर चन्दन हाज़िर हो!

[थोड़ी-थोड़ी देर बाद तीन बार पुकार लगती है।]

जज की आवाज़ : पेशकार साहब...

[पेशकार की सीट खाली पड़ी होती है।]

पेशकार साहब नहीं आए?

[पीछे से आवाज़ आती है :]

आ गया हुजूर!

[पेशकार धोती-कमीज़ पहने लदड़-फदड़ आकर हांफता हुआ अपनी कुर्सी के पास खड़ा हो जाता है।]

जज की आवाज़ : मुलज़िम के वकील को बुलाया जाए!

[पेशकार मुलजिम को संबोधित करता है।]

पेशकार : तुम्हारा वकील कौन है जी?

[मुलज़िम फटी-फटी आंखों से देखता रहता है।]

बोलते क्यों नहीं जी? तुम्हारा कोई पैरोकार है या नहीं?

[मुलज़िम कुछ नहीं बोलता]

हुजूर, लगता है, इसका कोई वकील है, ना पैरोकार! इतना संगीन मुकदमा और ऐसे आकर खड़ा हो गया जैसे खाला का घर हो!

[जज के हिलते पांव धीमे पड़ जाते हैं।]

जज की आवाज़ : अदालत मुकदमे की गंभीरता को देखते हुए मुलज़िम को अपने बचाव के लिए स्टेट की तरफ से वकील देती है।

[कोर्ट में सन्नाटा हो जाता है। मंच पर भी रोशनी मद्धम पड़ने लगती है। जज के पांव स्थिर हो जाते हैं। अदालत का काम रुक जाता है। थोड़ी देर बाद फिर रोशनी

बढ़ती है। रोशनी बढ़ने के साथ-साथ पांव की हिलने की गति बढ़ती जाती है। एक मोटा-सा वकील बेंत टेकता हुआ आता है। कोर्ट से इजाज़त लेकर मुलज़िम के कान में खुसुर-पुसुर करता है। मुलज़िम चुपचाप खड़ा रहता है। मोटा वकील अपनी सीट पर बैठकर जंभाई लेता है।]

जज की आवाज़ : प्रोसीक्यूशन के गवाह पेश किए जाएं!

गवाह नं०-एक—प्रधान का बेटा— कठघरे में आकर खड़ा हो जाता है। चपरासी गीता लेकर सामने खड़ा हो जाता है। गवाह नं० एक गीता पर हाथ रख देता है। चपरासी शपथ दिलाता है। आवाज़ सुनाई नहीं पड़ती। होंठ हिलते दिखलाई पड़ते हैं। वकील नं०-एक उठकर गवाह के कठघरे के पास आ जाता है]

वकील नं०-एक : नाम?

गवाह नं०-एक : रामेसुर उर्फ प्रधान का बेटा!

वकील नं०-एक : बाप का नाम?

गवाह नं०-एक : ख्यालीराम उर्फ परधान!

वकील नं०-एक : गांव?

गवाह नं०-एक : रामआसरेपुर, जिला मेरठ!

वकील नं०-एक : मुलज़िम को पहचानते हो?

गवाह नं०-एक : पहचानता हूं। हमारे गांव के बनिये राम-निरख का खून इसीने किया था। यह उसका

साला है। इसीकी बहन रामनिरख को ब्याही थी। रामनिरख इसका जीजा लगता था... रामनिरख की घरवाली इसकी बहन लगती है...

[वह रट्टू तोते की तरह बोलना चालू रखता है। जज के हिलते पांव धीमे पड़ जाते हैं।]

जज की आवाज़ : जितना पूछा जाए, उतना ही जवाब दो!

वकील नं०-एक : तुमने रामनिरख का खून होते देखा?

गवाह नं०-एक : ...यह हमारे गांव के रामनिरख का साला था। इसकी बहन रामनिरख को ब्याही थी। रामनिरख इसका जीजा लगता था...

जज की आवाज़ : अदालत का वक्त जाया न करो..

गवाह नं०-एक : यह अक्सर हमारे गांव में आकर अपने जीजा को तंग करता था। उससे रुपया मांगता था...

वकील नं०-एक : तुमने खून होते हुए देखा?

[गवाह बोलता रहता है। आवाज़ सुनाई नहीं पड़ती। होंठ हिलते रहते हैं।]

वकील नं०-एक : साफ-साफ बोलो। वही बोलो जो कुछ पूछा गया है!

[मोटा वकील उंघता रहता है]

गवाह नं०-एक : ...धमाके की आवाज के साथ ही मेरी आंखें खुल गईं। मैं नीचे सो रहा था। एक आदमी

रामनिरख के घर की दीवार से लहड़ पर उतर रहा था। मैंने उसपर टार्च डाली...

मोटा वकील : (**एकाएक चौंककर**) टार्च...

गवाह नं०-एक : कहना भूल गया। मेरे हाथ में टार्च थी, उसके हाथ में पिस्तौल थी!

[**मोटा वकील फिर कुर्सी में धंस गया।**]

अन्दर गया तो देखा, रामनिरख खून में लथपथ पड़ा था। उसकी औरत रो रही थी...

[**मोटा वकील फिर कोशिश करके खड़ा हुआ।**]

मोटा वकील : क्या पता, तुमने ही उसका खून कर दिया हो, बाद में नाम इसका लगा दिया हो...

[**जज के हिलते पांव एकाएक रुक गए।**]

जज की आवाज़ : हो सकता है!

गवाह नं०-एक : मैं तो रामनिरख की औरत को भौजी कहता हूं!

जज की आवाज़ : यह भी सही हो सकता है!

[**टांगें फिर हिलने लगती हैं।**]

ताल्लुक की बात है!

पेशकार : जी हुजूर, आपने सही फरमाया। एक ऐसा ही मामला और भी आया था...

जज की आवाज़ : नो डिसकशन्स! प्रोसीड!

वकील नं०-एक : मी लार्ड, हर कातिल और उसके पैरोकार अपने बचाव के लिए कोई न कोई ऐसी ही कहानी गढ़ता है और अपना दोष दूसरे के ऊपर डालने की कोशिश करता है।

जज की आवाज़ : आपकी बात भी ठीक हो सकती है।

गवाह नं०-एक : (**घबराकर**) यह बिलकुल गलत है, सरकार! मैंने कुछ नहीं किया...उसे...उसे इसीने मारा! मैं जाऊं?

[तेजी से जाता है। दूसरी तरफ से जाकर पेशकार के साथ घुसुर-पुसुर करता है। नीचे से उसके हाथ में रुपये पकड़ाता है और चला जाता है। अदालत के हिस्से में अंधेरा हो जाता है और रोशनी दूसरे हिस्से में पड़ने लगती है। वह अदालत का बाहरी हिस्सा है। वहां दरोगा गवाह नं०-दो से बात करता होता है।]

दरोगा : देखो जी, नदी में रहकर मगरमच्छ से बैर नहीं चलेगा। जब प्रधान रुपया निकालकर देता है तो प्रधानजी, प्रधानजी। जब प्रधान का मौका आया तो ईमानदार के किए-धरे बन गए। ऊपर से सुनो या नीचे से! अच्छी तरह सुन लो। ज़रा भी फिसलने की कोशिश की तो बम्बुकाट बना दूंगा। अगर एक बार भी कहा कि प्रधान का कर्ज़ा तुम्हारे ऊपर है तो फिर इस डंडे का

कर्ज़ा भी तुम्हें चुकाना पड़ेगा।

गवाह नं०-दो : सरकार है तो हैइए।

दरोगा : है तो हैइए...तो फिर यह डबल सोल का जूता भी हैइए! जब प्रधान छोड़ने को तैयार है तो तू साला कहां का लांडू साहब बना है...

गवाह नं०-दो : वकील ने पूछा तो...

दरोगा : अबे वकील तेरा बाप है या ससुर...जो वह पूछेगा! वो मोटा वकील कानून की हिफाज़त के लिए आया है, तेरी या मुलज़िम की हिफाज़त के लिए नहीं आया और न तुम दोनों की मां का कुछ लगता ही है।

[उसकी खोपड़ी को हाथ से डुगडुगी की तरह हिलाता है।]

इसे साथ रखना, कभी यहीं छोड़ जाए। समझ लेना, ढूंढ़े नहीं मिलेगी।

[पुकार लगती है :]

झग्गन पिसर मग्गन गवाह नं०-दो हाजिर हो!

दरोगा : (**धक्का देता है**) चल बे, जा! होश ठिकाने रखना!

[गवाह नं०-दो जाता है। विमला आती है। विमला सुस्त और चुप है। साथ में प्रधान का बेटा है।]

प्रधान का बेटा : नमस्ते, दरोगा जी!

[दरोगा विमला की तरफ देखता है और प्रधान के बेटे से बात करता है।]

दरोगा : क्यों बे, इश्क लड़ाना जानता है...काम के वक्त भाग खड़ा हुआ! वहां अपने जीजा के सामने बोल नहीं फूटा...

[प्रधान का बेटा चुपचाप खड़ा रहता है।]

चलता बन यहां से, बात करने दे! कोई धो के नहीं पी जाएगा!

[प्रधान का बेटा सरक जाता है।]

दरोगा : देखो बीबी, अपना आगा-पीछा सोच लो। उसे जाना था सो चला गया। तुम्हारी पूरी ज़िन्दगी पड़ी है। प्रधान का बेटा भला हो या बुरा, अब ज़िन्दगी उसीके सहारे कटनी है। रपट में लिखा ही बोलना। नहीं तो इसे फांसी लगेगी और तुम गलतबयानी में जेल काटोगी!

[विमला पत्थर-सी बनी खड़ी रहती है। दरोगा कहता रहता है :]

कभी भाई के लिए चुनचुनी मचे। इस सारे झंझट के पीछे तुम ही हो। उस लड़के को डोर पर न डाला होता तो खून-खराबा न हुआ होता। प्रधान ने कहा-सुना तो बचा लिया, नहीं

तो पिस्तौल तुम्हारे ही कब्जे से बरामद कराता। मजा उठाया है तो भोगो भी!

[आवाज़ लगती है :]

मुसम्मात विमला, बेवा रामनिरख हाज़िर हो!

[विमला पहले इधर-उधर देखती है। फिर उधर बढ़ जाती है। इधर अंधेरा होने लगता है। रोशनी अदालत वाले हिस्से में पड़ने लगती है। विमला गवाह के कठघरे में गर्दन नीची किए खड़ी होती है। मुलज़िम की गर्दन भी झुकी होती है। चपरासी गीता ले जाकर विमला के सामने कर देता है। विमला उसपर हाथ रख देती है। चपरासी के होंठ हिलते नज़र आते हैं। विमला हां या ना करती जाती है।]

वकील नं०-एक : आप मुलज़िम को पहचानती हैं?

[वह चुप रहती है। उधर की तरफ गर्दन उठाकर नहीं देखती।]

बोलिए, आप मुलज़िम को पहचानती हैं?

[वह गर्दन हिलाकर हां कर देती है।]

आपका मुलज़िम से क्या रिश्ता है?

[विमला मुंह में आंचल ठूस लेती है।]

जज की आवाज : मुसम्मात विमला, आपसे जो पूछा जाए, उसका जवाब दीजिए!

वकील नं०-एक : मुलज़िम आपका सगा भाई है?

[वह फिर गर्दन हिला देती है।]

जसाकि आपने रपट में लिखाया है क्या आप इस बात को अब भी मानती हैं, कि आपके खाविंद का खून आपके भाई ने पैसे के लिए किया?

[विमला पहले गर्दन हिलाती है, फिर रो पड़ती है। मोटा वकील हड़बड़ाकर उठता है।]

मोटा वकील : क्या मुसम्मात विमला की गवाही खत्म हो गई?

[फिर अपने-आप ही विमला से पूछता है।]

प्रधान के बेटे से आपके ताल्लुकात कैसे थे?

[विमला जवाब नहीं देती। चुपचाप खड़ी रहती है।

वकील नं०-एक : मी लार्ड, एक संभ्रान्त महिला से इस तरह का सवाल गैरमुनासिब है।

जज की आवाज़ : हो भी सकता है...

[जज का वाक्य पूरा नहीं होता। मंच पर अंधेरा होने लगता है। जज के पांव हिलने बंद हो जाते हैं। मुलज़िम उसी तरह खड़ा रहता है। आर्केस्ट्रा तेजी से बजता है। बीच-बीच में सिसकियां सुनाई पड़ती हैं। लेखक और निर्देशक मंच पर से गुज़रते हैं।]

निर्देशक : लेखक, तुम एण्टो-ह्यू मन हो! एक ऐसी ट्रेजेडी को मंच पर ले आए हो जो मनुष्य में मनुष्य की आस्था को समाप्त करती है।

[लेखक कुछ नहीं कहता।]

यह अदालत, यह पुलिस, ये गवाह, ये वकील,... आम आदमी की ज़िन्दगी का कहां तक हिस्से बन सकते हैं!

[लेखक फिर भी कुछ नहीं बोलता।]

मैं इस नाटक को आगे नहीं बढ़ा सकता... ज़िन्दगी के प्रति इन्सान की आस्था पर मैं कुठाराघात नहीं कर सकता। ले जाओ अपनी स्क्रिप्ट!

[स्क्रिप्ट बढ़ाता है।]

लेखक : निर्देशक, हर चीज़ को मनोरंजन मत समझो। कभी-कभी जैसे ज़िन्दगी में किसी समय कोई भी मोड़ आ जाता है, उस संभावना से नाटक को वंचित न करो। ज़िन्दगी को जिस तरह हम धैर्य के साथ देखते हैं...उसी तरह तुम नाटक को भी देखो! नाटक को होने दो...लीक पर से हटता है तो हट जाने दो!

[दोनों वहीं खड़े रहते हैं। अंधेरा हो जाता है। पर्दा गिरता है।]

अंक–3

दृश्य-1

[जज साहब के घर का कमरा। दो-तीन कुर्सियां पड़ी हुई हैं। एक तरफ एक दीवान है। मेज़ है। मेज़ पर मैला-सा कपड़ा ढका है। कुछ कानून की किताबें खुली या बन्द पड़ी हैं। जज द्वारिकानाथ कागज़ों को बार-बार उलट-पलट रहे हैं। बीच-बीच में किताबें भी खोल खोलकर देखते जाते हैं। जज साहब की तीन-चार साल की बिटिया दौड़ी हुई आती है।]

बिटिया : पापा, पापा...आप क्या कर रहे हैं?

[जज साहब उसकी तरफ चौंककर देखते हैं।

जज : कुछ नहीं...जाओ खेलो। देखकर आओ, टाइप बाबू आ गए?

बिटिया : टाइप बाबू रोज़-रोज़ क्यों आते हैं?

जज : फैसले लिखने...जाओ, तुम नहीं समझोगी!

बिटिया : आप क्या लिखना नहीं जानते?

जज : बहुत लिखना पड़ता है...पापा लिखते-लिखते थक जाते हैं!

[ताली बजाकर हंसती है।]

बिटिया : हम समझ गए, आप लिखना नहीं जानते...

[जज साहब को परेशानी होने लगती है।]

जज : अच्छा, तुम जाओ! ममी के पास खेलो!

बिटिया : हम नहीं जाएंगे। आप सबको फांसी देते हैं ना...हमें भी दीजिए ना!

[जज माथे से पसीना पोंछता है। बिटिया ज़िद करती है।]

दीजिए फांसी, दीजिए ना!

जज : जाओ, खेलो। टाइप बाबू आएं तो जल्दी से भेज दो। ममी से कहना, एक गिलास पानी भेज दें...तुम भी ममी से लेकर पानी पी लेना।

बिटिया : हम तो फांसी लेकर हो जाएंगे। ममी को भी देंगे ना।

[जज घबराकर पत्नी को पुकारता है :]

जज : सुनिए, यह मुझे तंग कर रही है। इसे बुला लीजिए...

[आवाज आती है :]

पत्नी : ज़रा खिला लो। नहाकर आती हूं। किसी समय तो बच्चे को पास लगाया करो। हर समय दुर-दुर, परे-परे करने से बच्चे बिगड़ जाते हैं।

[जज परेशान हो उठता है। लेकिन आवाज को मुलायम करके खुशामदाना ढंग से बिटिया को बहलाने की कोशिश करता है।]

जज : यहां बैठ जाओ। लो ये पेन्सिल, इससे कागज़ पर अपना नाम लिखो। इतने मैं थोड़ा काम कर लूं।

बिटिया : नहीं लिखेंगे। पहले आप घोड़ा बनिए!

[जज परेशान हो उठता है। हाथ जोड़कर, दांत दबाकर मद्धम आवाज में गुस्से से बोलता है :]

जज : भगवान के लिए इस समय तुम उधर खेल लो। मुझे कल ज़रूरी फैसला सुनाना है। आखिर आप लोग समझते क्यों नहीं...

बिटिया : क्या आपको मास्टरजी मारेंगे? अच्छा, तो पहले हमें फांसी दीजिए!

[वह उसके मुंह पर हाथ रखकर मुंह बन्द करने की कोशिश करता है।]

जज : हम तो फैसला देते हैं। फांसी थोड़े ही देते हैं...

बिटिया : मम्मी कहती हैं, आप फांसी भी देते हैं...

[जज गुस्से में दांत भींचता है।]

जज : तुम मेरी जान खाओगी तो मैं तुम्हारे एक चपत लगा दूंगा।

[लड़की ज़ोर-ज़ोर से रोना शुरू कर देती है। जज उसे मनाने की कोशिश करता है।]

बिटिया : **(सुबकते हुए)** आप हमें फांसी देंगे ना!

[जज परेशान होकर इधर-उधर देखता है फिर धीरे से हां कर देता है। जज की बेटी खुशी से चिल्लाती है :]

अहा, पापा हमें खूब सारी फांसी देंगे!

[जज उठकर उसके मुंह पर हाथ रखकर मुंह बन्द करने की कोशिश करता है। जज की पत्नी (विमला का पार्ट करने वाली महिला) बाल खोले हुए आती है।]

जज की पत्नी : तुम जज होगे तो कचहरी में, यहां जजी चलाई तो मेरे से बुरा कोई नहीं होगा। तुम बाप होकर लड़की को फांसी दोगे! कैसा कलयुग आ गया! बाप अपनी जजी अपनी इकलौती बेटी पर चलाएगा, उसे फांसी देगा! देखो जी, आज से कभी भी ऐसी बात कही तो मैं आग लगाकर मर जाऊंगी।

[जज समझाने की कोशिश करता है। जज की पत्नी बोलती चली जाती है।]

जज की पत्नी : मेरे पिता इतने बड़े आदमी थे...उन्हींकी वजह से आज तुम जज बने हुए हो। हमने बड़ी से बड़ी गलतियां कीं, उन्होंने उंगली तक नहीं छुआई। और तुम लड़की को फांसी दोगे!

[जज सिर पकड़कर बैठ जाता है। जज की पत्नी बच्ची को लेकर चली जाती है। मंच पर रोशनी मद्धम पड़ जाती है। जज उसी मद्धम रोशनी में टहलने लगता है। टहलते-टहलते रुक जाता है। कागज़ों को उलटता-पुलटता है। एक कोने में विमला का भाई मुलज़िम के रूप में बैठा नज़र आता है। जज दो कदम पीछे हट जाता है।]

जज : तुम...! यह मेरा घर है। अदालत नहीं। मेरे घर में मुलज़िम का क्या काम?

[मुलज़िम हंसता है। धीरे-धीरे मुलज़िम स्थिर हो जाता है। जज की तरफ गौर से देखता है।]

मुलज़िम : कभी-कभी दिमाग और घर में कोई फर्क नहीं रहता...

जज : तुम वहां क्यों नहीं बोले...यहां बोल रहे हो। मैंने अपने बचाव के लिए तुम्हें वकील दिया...

मुलज़िम : किसके बचाव के लिए...?

[हंसता है।

जज : तुम्हें मालूम है...चुप रहने का मतलब जुल्म का इकबाल होता है। तुमने चुप रहकर इस बात का इकबाल किया है कि तुमने अपने बहनोई का ख़ून कर डाला।

मुलज़िम : तुम समझते हो, मैं तुमसे फरियाद करने आया हूं...यह जताने आया हूं कि मैं निर्दोष हूं? कानून के द्वारा दी गई फांसी से मरूं या प्रधान के बेटे की गैरकानूनी गोली...से क्या फर्क पड़ता है!

जज : तो तुमने उसे नहीं मारा? फिर उसे किसने मारा ...फिर उसे किसने मारा...

[जज दोहराता रहता है। मुलज़िम गायब हो जाता है। कुण्डी खटखटाने की आवाज़ सुनाई पड़ती है। जज उधर बढ़ता है। विमला खड़ी हुई दिखाई पड़ती है।]

जज : मैं सिविल सेशन जज हूं, मेरा नाम द्वारिकानाथ है...यह मेरा घर है। यहां पर बिना मेरी इजाजत के कोई नहीं घुस सकता। फांसी तक की सज़ा देने का मुझे अधिकार है...तुमने मेरे घर में आने की जुर्रत कैसे की?

[उसकी आवाज़ कांपने लगती है। विमला मुस्करा देती है।]

विमला : आपकी बेटी?

जज : **(कांपती आवाज़ में ही चिल्लाने लगता है)**

ये कातिल, बदचलन, स्वार्थी, दो-दो कौड़ी की औरतें...कानून तक को तवायफ बना देने वालीं...। मैं...तुम सबको फांसी चढ़ा दूंगा।

[विमला पहले चुपचाप खड़ी रहती है, फिर पूछती है :]

विमला : आपकी घरवाली कहां है?

जज : मेरी घरवाली से तुम्हें क्या लेना-देना? वह तुम्हारी क्या लगती है?

[विमला हंस देती है।]

तुम सीधे-सीधे बताओ, तुम्हारे आदमी को किसने मारा? तुमने या तुम्हारे भाई ने?

[वह हंसती रहती है।]

तुमने रपट में अपने भाई का नाम लिखाया है? मैजिस्ट्रेट के सामने भी तुमने यही बयान दिया था! लोग कहते हैं, प्रधान के बेटे का तुम्हारा इश्क था...

विमला : मैं तो आपकी घरवाली से मिलने आई हूं... मुझे किसीने बताया, उनको और मेरी शक्ल बिलकुल एक-सी है!

[कुण्डी फिर बजती है विमला गायब हो जाती है। पेशकार साहब तेज़ी से प्रवेश करते हैं।]

जज : आ...आप! कैसे आना हुआ। मैंने तो टाइप बाबू को बुलाया था। टाइप बाबू आए नहीं,

आप आ गए!

पेशकार : सोचा, सलाम कर आऊं। बहुत दिन से सलाम नहीं किया था। सलाम न करो तो हाथ-पैरों को ज़ंग लगने लगती है। दिमाग बिलकुल ठस्स हो जाता है। सलाम करने से खून में रवानी रहती है!

जज : कल रामनिरख-मर्डर केस में फैसला देना है।

पेशकार : कल ही फैसला है। मैं भूल ही गया था। हमारा कानन बहुत ही सलाहियत वाला है। कातिलों को भी दो-चार साल ज़िन्दा रहने का मौका देता है। और मुल्कों में इधर खून, उधर सज़ा!

जज : हां ऽ... । हर जगह ही कानून, कानून है।

पेशकार : मुसम्मात विमला का भाई शक्ल से कातिल लगता है। वैसे कातिल का शक्ल से कातिल लगना ज़रूरी नहीं होता। असली कातिल बड़ी बात के लिए कत्ल नहीं करता। छोटी-मोटी बात पर ही कत्ल कर देता है। सच पूछिए तो हुज़ूर, असली कातिल का पता लगाना ही मुश्किल होता है...! लेकिन कानून...यह कोई कानून है, कानून पहले किसी ज़माने में था। अब जितनी सज़ा दी जानी चाहिए, उतनी दी हो नहीं जा सकती। सज़ा देने का नाटक है...

जज : हूं..., तो पेशकार साहब, आपने मुकदमा काफी गौर से सुना...

पेशकार : मैं सरकार, जो भी करता हूं...गौर से ही करता हूं...नहीं तो बिना कुछ किए-धरे फांसी चढ़ जाऊं। जब एक भाई की बहन ने ही कह दिया। बहन के दिल से भाई के खिलाफ गवाही कब निकलती है...जब दिल छलनी हो गया हो! भाई ने चाहे बहन का घर बरबाद कर दिया हो पर आज तक बहन को भाई का घर उजाड़ते हुए नहीं देखा...बहन, बहन है और भाई, भाई है।

जज : तो बहन ने भाई के खिलाफ सही गवाही दी?

पेशकार : अच्छा, हुज़ूर, चलूं। सलाम करने चला आया था। सलाम किए बिना ज़ंग लग जाता है। ज़ंग लगना हुज़ूर अच्छी चीज़ नहीं...अव्वल तो ज़ंग लगने ही नहीं देना चाहिए और लग जाए तो उससे बचने की झटपट कोशिश करनी चाहिए...

[पेशकार चला जाता है जज खामोश खड़ा रह जाता है। पेशकार के जाने के कुछ देर बाद जज होश में आता है।]

जज : प्रधान के बेटे को यानी उस दूसरे गवाह ने तो प्रधान के बेटे और विमला को लेकर

कुछ कहा था। (**चौंककर**) अरे, चले गए! पेशकार साहब चले गए! डिफेन्स काउंसिल कहता है, उन दोनों के नाजायज ताल्लुकात हैं। विमला कहती है, उसकी शक्ल मेरी पत्नी से मिलती है...दो आदमी एक शक्ल के कैसे हो सकते हैं?

[अपनी पत्नी को पुकारता है]

सुनिए! अरे भई सुनिए तो...!

[जज की पत्नी दरवाजे के पीछे से थोड़ा आगे आकर खड़ी हो जाती है।]

जज की पत्नी : क्या सुनूं? तुम मेरी बेटी को फांसी देने की धमकी दो और मैं तुम्हारी बात सुनती घूमूं! मैं इसे लेकर अपने पिता के घर चली जाऊंगी!

जज : मुझे तुमसे एक सलाह लेनी है!

जज की पत्नी : मुझे ही दे दो सब कागज-पत्तर, मैं ही फैसले लिख दिया करूंगी। पिताजी तो मुझे कानून पढ़ाना चाहते थे। फिर एकाएक शादी कर देनी पड़ी...और वह भी तुमसे। पिताजी कहा करते थे, यदि लड़के या लड़की को सुखी रहना हो तो अपने से छोटे घर में शादी करो।

जज : (**धीरे से बुदबुदाते हुए**) लोग जो कहते हैं... मानते नहीं! क्या तुमने किसी ऐसी औरत को देखा है जिसकी शक्ल तुमसे मिलती हो? शादी के बाद या पहले...

जज की पत्नी : शक्ल तो राम और लक्ष्मण तक को नहीं मिलती थी!

जज : बुरा न मानो। एक शक्ल की औरत अगर मोहब्बत में एक तरह का व्यवहार करे तो उसी शक्ल की दूसरी औरत भी क्या वैसे ही व्यवहार करती है?

जज की पत्नी : तुमने मुझे समझा क्या है? मेरे पिता सुन लें तो तुम्हारी जजी ठिकाने लगा दें। जो बना सकता है, वह बिगाड़ भी सकता है!

जज : यह तो तुम ठीक कहती हो। लेकिन मैं एक औरत के दिल की बात दूसरी औरत के माध्यम से जानना चाहता था। चलो खैर...नहीं बताना चाहतीं तो न बताओ। मैं तो गुत्थी सुलझाना चाहता था...

[जज की पत्नी भुनभुनाती हुई और पैर पटकती हुई चली जाती है। जज बुदबुदाता रहता है।]

विमला कहती है—उसकी शक्ल मेरी पत्नी से मिलती है...बिलकुल गलत है, विमला के पति का तो खून हुआ है और मैं...खैर, उसे कहने दो, मुझे न्याय करने दो!

[कुण्डी फिर बजती है।]

कौन, चले आओ। सब आ रहे हैं...टाइप बाबू नहीं आता। इन्तज़ार करते-करते थक गया।

फैसला...

[टाइप बाबू घबराया हुआ-सा अन्दर घुसता है।]

जज : इतनी देर से आए...

टाइप बाबू : जी...पेंसिल टूट गई थी।

[पेंसिल निकालकर दिखाता है। वह टूटी हुई नहीं होती। हकलाकर बात करता है।]

जी नहीं, मुहल्ले में कत्ल हो गया था!

जज : किसका? किसने क्या?

टाइप बाबू : वो तो सरकार...पुलिस की तफतीश पूरी हो जाने के बाद...औ...और हुज़ूर के सामने गवाह गुज़र जाने पर और फिर मुकदमे का फैसला हो जाने पर ही पता चल सकेगा!

जज : तुम्हारे मोहल्ले में हुआ और तुम्हें मालूम नहीं!

टाइप बाबू : हैं...हैं...उससे क्या होता है, हुज़ूर के साथ रहते रहते कानून को इतना तो समझने ही लगा हूं।

[जज बेचैन हो उठता है। टहलने लगता है फिर कुर्सी पर हताश-सा बैठ जाता है।]

जज : लिखो...

[टाइप बाबू पेंसिल और कापी संभालता है।]

अब रात-भर फैसला टाइप करना पड़ेगा। अच्छा, लिखो...

[टाइप बाबू कापी पर झुक जाता है। जज मेज पर पड़ी किताबें उलटता-पुलटता है।]

हां, तो लिखो...

टाइप बाबू : जी हुजूर

[जज मेज पर हाथ फेरता रहता है। उसका कपड़ा उठाकर देखता है। मेज को आगे-पीछे हिलाकर देखता है। फिर अपनी कुर्सी की जांच करता है, कहीं टूट तो नहीं जाएगी।

जज : टाइप बाबू, यह मेज उस समय की है जब हम पढ़ते थे। हमारे पिता ने इसे बहुत सस्ती खरीदी थी...मेरा खयाल है, यह मेज मेरे लिए बहुत लकी है। इस पर रखकर जो काम करता हूं, ठीक ही होता है।...और यह कुर्सी...

टाइप बाबू : पहले की बनी चोज़ें मज़बूत होती हैं...पहले जो पेंसिलें आती थीं, उनका सुरमा...क्या कहने! चालीस-चालीस पेज लिख लेते थे पर मजाल कि सुरमा टूट जाए। अब एक लब्ज़ लिखने में चार बार बनानी पड़ती है। सवेरे भी यही हुआ, पहले पेंसिल बनाता रहा...फिर कतल हो गया!

जज : हां, तो लिखो...

[फिर रुककर किताब उठाता है। उसके वर्के पलटता रहता है।]

इस किताब की जिल्द दस साल पुरानी है। लेकिन एक जुज़ नहीं टूटा!

[दूसरी किताब उठाता है।]

इसकी जिल्द दो साल पहले बंधवाई थी... एक-एक वर्का अलग हो गया। अरे, मेरी सी० आर० पी० सी० की किताब कहां गई?

[जज परेशानी में उठता है। अन्दर जाता है, बाहर आता है। फिर आकर बैठ जाता है।]

जज : अब लिखो...

टाइप बाबू : जो 'लेकिन हुज़ूर की किताब?

जज : वही तो परेशानी है। नहीं तो अब तक जजमेण्ट लिखवा दिया होता! एक नज़र देखनी थी। कानून में लाइन पर लाइन फालो करना पड़ता है। कानून की किताब कोई पंडित की पोथी नहीं होती...लेकिन वो नौकर कुछ समझता ही नहीं। हमारी वाइफ हैं ना ... उनकी तबीयत खराब है। टेबल-फैन नीचा पड़ रहा था, उसने किताब पर रख दिया। उन्होंने देखा नहीं, नहीं तो फौरन निकलवा देतीं। वे कानून की बड़ी इज़्ज़त करती हैं...

लेकिन वे सो गई हैं!

टाइप बाबू : तो मैं...

जज : नहीं, बैठो! वैसे तो इस लाइन में पापड़ बेलते इतने साल हो गए। सब दफाएं-नज़ीरें याद हैं पर फैसला लिखवाते समय किताब ज़रूर देख लेनी चाहिए। कानून का मामला है...और ये पेचीदा है। हमारे ससुर बिना आंखों से देखे आगे नहीं बढ़ते थे। उनका नाम तो आपने सुना ही होगा। ऐसे-ऐसे काम कर डालते थे कि लोग अन्दाज़ नहीं लगा सकते। बताया करते थे कि हमारी वाइफ यानी अपनी बिटिया के साथ एक बार नाव में जा रहे थे। धारा के बीचो-बीच पहुंचते ही नाव में छेद हो गया। बस, पता नहीं क्या किया, न तो नाव डूबी और न उन दोनों को कुछ हुआ...

टाइप बाबू : मल्लाह तो डूब गया होगा...डूबा नहीं होगा तो डूबे जैसे हो गया होगा...!

जज : अच्छा, लिखो! बातें बहुत हो चुकीं...

[जज थोड़ी देर बोलने की मुद्रा में होंठ बुदबुदाता रहता है। टाइप बाबू की पेंसिल चलती रहती है। एकाएक जज का बोलना रुक जाता है।]

जज : टाइप बाबू, विमला के भाई ने ही रामनिरख का खून किया था...आप क्या सोचते हैं!

टाइप बाबू : हुजूर, कानून के सामने यह सब सोचने की गुंजाइश ही कहां होती है? जो कानून कहे, वही सही!

जज : **(हकलाकर)** हां...हां। अच्छा लिखो...!

[जज कागज़ों को पढ़कर, किताबों को देखकर बार-बार बोलने की कोशिश करता है, पर बोल नहीं पाता।]

जज : मैं बड़ों के आशीर्वाद से ही यहां तक पहुंचा हूं। मेरी मां जब मरी तो एक चांदी का रुपया दे गई थी और कह गई थी, जब संकट आए तो यह तेरी मदद करेगा। ऐसे मौके पर मैं उसी रुपये का इस्तेमाल करता हूं। सोचता हूं, इस मुकदमे का फैसला भी उसी रुपये से कराऊं। तुम्हारा क्या खयाल है? वैसे मैं फैसला लिखवाए देता हूं फिर भी सच्चाई तो जांचनी ही पड़ेगी। तुम एक काम करना, किसी से ज़िक्र मत करना...

[जज दराज खोलकर एक पोटली निकालता है। चांदी का रुपया निकालकर माथे लगाता है। फिर उसे उछालता है। बिटिया दौड़ती हुई आती है और रुपया उठा लेती है। जोर से चिल्लाती है :]

बिटिया : मम्मी, पापा का रुपया!

[जज उससे छीनने को भागता है। वह 'मम्मी-मम्मी' चिल्लाती हुई भाग जाती

है। जज भागता हुआ, खड़ा रह जाता है। टाइप बाबू के हाथ में पेंसिल टिकी रहती है। मंच पर अंधेरा होने लगता है। निर्देशक और लेखक आते हैं।]

निर्देशक : फैसला नहीं हो पाया।

लेखक : फ़ैसला हो गया!

निर्देशक : फैसला नहीं हो पाया। जो जहां था, वहीं है। जज अपनी बिटिया को पकड़ने के लिए दौड़ रहा है। प्रधान अपने बेटे को बचाने में और विमला के भाई को फांसी चढ़वाने में लगा है। विमला...

लेखक : जज ने फैसला दिया...ठीक दिया! नहीं दिया तो भी ठीक ही किया। अदालत के हित में जज का कोई भी काम अपराध नहीं होता। खामोश रहो...समझो, नाटक खत्म हो गया!

[पर्दा गिरता है।]

●●